アクリルの羽の天使が教えてくれたこと

かぼ

石井裕之

祥伝社

かぼ

――アクリルの羽の天使が教えてくれたこと

目次

イラスト――ボンジュール・クボ
装幀――松　昭教

プロローグ

《かぼ》は、自分のことを天使だと思っていた。

長く病気を患《わずら》っていた彼の身体は、十二歳の少年にしてはずいぶんと小さかった。けれども、輝き出るその陽気さは、死が近づいていることなど少しも感じさせなかった。

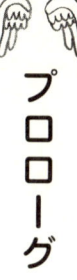

「最初から無条件に与えられるものなんかないんだ――」

病室の大きな窓から空を眺《なが》めながら、《かぼ》は、いつものあのませた口ぶりで言った。

「どんなものでも、半分は、ボクたちが自分で努力して摑まなくちゃいけない。そうすれば、残りの半分は神様がプレゼントしてくれる。だから、気持ちが落ちこむようなことがあっても、せめて半分だけは自分で明るくなろうとがんばるんだ。半分でいいんだよ。残りの半分の光は、いつの間にか神様から届けられてくるんだからね」

「つまり、やっぱり君はほんとうに神様を信じているんだね？」

「純平《じゅんぺい》は、いまちょっと軽蔑的に言ったね？」

くりっとしたあの瞳で僕の顔をじっと見つめてから、《かぼ》は愉快《ゆかい》そうに笑った。

「うん、ボクは神様を信じているよ。でも、それは神様に頼るってことじゃないんだ。他の人よりも余分にいい思いをさせてくださいって、身勝手なご利益《りやく》を求めることでもないんだ」

「頼るんじゃなきゃ、どういうことなんだい？」

「神様を信じてる、ってことはね、神様に恥ずかしくないような生き方をしようと努力している、っていうことなんだ。だから、神様を信じているボクを、純平が軽蔑するとしたら、それはおかしなことだと思わない？　努力している人を軽蔑するなんて、おかしいよね？」

そんな《かぼ》の元気も、病気が進行するにつれて徐々に衰えていった。しかし、その分だけ、彼の言葉の一つひとつには重さが増していったし、僕も、そのメッセージの一つひとつをより深く考えるようになっていった。

「どんな死も、ボクたちを引き離すことなんかないんだよ――」

病院のベッドで迎えたあの最期《さいご》の瞬間にも、《かぼ》はそう言ってくれた。

《かぼ》と死に別れてから、ちょうど一年が経《た》った。

あれから、僕たちはみんな一年分だけ年をとり、僕たちの愛したあの街並みもまた、一年分だけ古びた。

しかし、一年経ったいまでも、《かぼ》の輝く笑顔は、僕の心の中に鮮やかに浮かんでくる。悩んだとき、人を憎《にく》んだりしそうになったときには、明るく諭《さと》してくれる《かぼ》の言葉が、音楽のように響いてくる。

そう。《かぼ》は、いつだって僕のそばにいる――。

神様が定めたあの死も、《かぼ》の言ったとおり、決して僕たちを別《わか》つものではなかったのだ。

あの日から一年が過ぎて、ようやく僕は《かぼ》の物語を書こうと思えるようになった。

不思議なものだ。神様なんか信じていなかった僕が、こんなふうに、「《かぼ》が教えてくれた大切なことを、誰かに伝えたい」だなんて思えるようになったのだから。

自分のことしか考えていなかったあの僕が、いまはこうして、「この本を読んでくれている君の心にも、《かぼ》の言葉が届きますように……」だなんて祈っているのだから。

一度は魂《たましい》を売ってしまった僕でさえ、「神様に恥ずかしくない生き方をしよう」と、少しでも努力したいと思えるようになったのだから。

そう。《かぼ》と出会うまでの僕は、自分を失っていた。自分らしくない生き方をしながら、自分を納得させて生活していたのだ。

ところが、ある一本の電話をきっかけに、そんな僕の心が少しずつ揺《ゆ》らぎはじめた。
そのあたりから、話をはじめようと思う——。

第1章　松田純平

忘れようとしていた過去

プレゼンの準備がほぼ一段落したところで、机の上に投げ出してあった携帯電話が鳴った。スプレッドシートに最後のいくつかの数字を打ちこみながら、僕は着信窓を覗《のぞ》きこんだ。

大崎健一郎《おおさきけんいちろう》――。

ずいぶん長いこと思い出すことすらなかったその名前に、キーを打つ手が止まった。電話の用件を探りかねた。

「松田《まつだ》です」

「逍遥《しょうよう》出版の大崎です。忙しいとこ悪いね、純平」

「どうも、ご無沙汰しています」

「病院から電話があってね」

「病院？」

いきなり用件を突っこんでくるところは、むかしと変わらない。いかにも大崎さんのリズムだ。懐《なつ》かしさに、僕の気持ちは少し高揚した。

「うん。子供の患者がいて、なんでもじきに死にそうな子らしいんだが」

「はい」

「その子の担当ナースから、小説家の松田純平さんと会いたいので連絡先を教えてくれないかって、編集部に電話が来たんだ。俺が抜けてからは、編集部に純平のことを知っている人間がいないんで、それで、俺のほうに回ってきた」

「どんな用件で、僕なんかに？」

「さあな。純平の本を読んで、感動したとか、勇気をもらったとか、そんなようなことなんじゃないかね」

「子供の読む本じゃないでしょう」

「そりゃそうだな」

「それに、何だって逍遥出版に？」

「メジャーな出版社じゃあ、取り合ってもらえなかったんじゃないのかな。それで、しょうがないんで、うちみたいな小さいところに連絡してきたんだろう。まあ、とにかく、どうしてもこの人に会いたいって聞かないらしいんだよ。何しろ死にそうな子だろう？　希望を叶えてあげたいってんで、ナースの、えっと、宮崎さんって人がね、編集部に電話してきたってことらしい」

「でも、そういうことには――」

「わかるよ。いまをときめく有名人の松田純平が、そんなのにいちいち関わってられないってのはわかるよ。あっちの連絡先だけ聞いてあるから、一応、伝えておこうと思っただけでさ。あとは純平の好きにすればいいさ」

大崎さんは、「いいかい？」と確認してから、病院名と担当ナースの名前、そしてナースステーション直通の電話番号を読み上げた。僕は、気持ちの乗らないまま、手元にあった紙切れにその情報を書き留めた。

「わかりました。たしかに承りました。わざわざありがとうございます」

「純平――」

「はい」

「大活躍じゃないか」

皮肉な感じはなかった。かといって、僕の新しい人生を心から祝福してくれているという響きもまたなかった。

「おかげさまで――。大崎さんは、雑誌のほうに移られたそうですね。だいぶ前に人づてに聞きました」

「うん。うちの雑誌なんてのは、まあ、同人誌と変わらないような小部数のものだが、それでもサイクルが速いからいつもバタバタしててね。純平とやっていたときのように、いいものをじっくり作るっていうわけにはいかない」

「僕を拾ってくれて、たいそう入れこんでくれたのに、大崎さんの期待に応《こた》えられなくて、悪いことをしました。正直、後悔しているでしょう？」

「後悔だなんて——」大崎さんは笑った。「そんなものは、欲望から行動する人だけのものだよ。結果がどうであれ、あの一瞬一瞬は真実だった。いまでも純平に感謝しているさ」

「そんなふうに言われると、かえって辛いな」

「純平の作品をはじめて読んだときの感動は、いまでも忘れないよ。俺は純平の小説に惚《ほ》れた。松田純平の作品を世に出すのが俺の使命だと思った。売れる売れないにかかわらず、純平がすばらしい才能をもっていることは間違いない。結果がぱっとしなかったのは、編集者の俺の力不足だよ——」

むかし、僕は小説を書いていた。自分の作品を、コンビニのコピー機で複写して、ホチキス留めの小冊子を作った。出会う人たちみんなに配っていた。そんな身の程知らずな時期があった。まだ若かった。

いきつけの定食屋のおばさんが、どうしたものか僕の小説をとても気に入ってくれて、レジの横に十冊ほど積んで、一部三百円という値段を勝手につけて売ってくれていた。「コピー用紙代にもならないけど」と、申し訳なさそうに笑っていた。ほとんど売れなかったけれど、それでも僕にとっては、自分の小説を店に置いてもらえるというだけで、夢のような気持ちだった。人気作家にでもなったような気分で、無邪気に浮かれていた。

その店にたまたま立ち寄った大崎さんが、僕の冊子を手に取ってくれた。それが、僕と大崎さんとの最初の接点だった。

定食屋にアマチュア作家の小説が置いてあるなんて、それ自体が珍しくて興味をひかれたのだそうだ。日替わり定食のおつりがちょうど三百円だったから、ふと、買って帰る気になったのだという。

駅のフリーペーパーを手に取るような気軽な気持ちだったのであって、決して新人作家を発掘しようと期待して僕の小冊子を手に取ったわけではなかった。しかし、僕の小説は、逍遥出版文芸部のプロの編集者である大崎さんの心に響くところがあったらしい。翌日、開店と同時に定食屋に飛びこんできた大崎さんは、「松田純平と会わせてほしい」とおばさんに詰め寄ったという。たいへんな興奮ぶりだったらしい。

大崎さんは、居酒屋の小さなテーブルに肘《ひじ》を突いて、コップの日本酒を舐《な》めながら、「純平の小説には希望ってものがある」とひとりごとのように何度も言ったものだった。

「俺に言わせりゃあ、希望や理想のない小説なんか存在する価値がない。いまの時代にはすっかり失われてしまったあの希望というものが、純平の作品にはあるんだよ」

そうやって何度か会って、大崎さんと小説論を交わすうちに、いつの間にか話が進み、僕は、逍遥出版から立派な単行本を出してもらうことになった。

逍遥出版は、よほどの文芸マニアにしかその名前を知られていないような小さな出版社だったし、ましてやまったく無名の僕の小説だったから、初刷り千五百部でも十分すぎるほどだった。プロの小説家になれたことに、天にも昇る快感に酔いしれたものだった。

しかし、書店の棚に置いてもらえることもめったになく、在庫はほとんどさばけなかった。大崎さんと僕の夢のこもったあの本は、半年を待たずに絶版《ぜっぱん》となってしまい、倉庫のスペース確保のためにすべて断裁《だんさい》処分された。

それでも僕は、大崎さんからライターのアルバイトを世話してもらいながら生活していた。ちょっとした著名人にインタビューをして記事をまとめたり、雑誌の小さな囲み記事を任《まか》されることだってあった。小説家としてはぱっとしなくても、やはり文章を書く仕事ができることは喜びだった。

ライターとしての生活は二年近く続いた。そしてある日、唐突に――ほんとうに唐突に――僕の人生を変える大きな出来事が訪れた。

有馬達也《ありまたつや》との出会いだった。


有馬さんのインタビュー記事を、僕は以前に一度だけ担当させてもらったことがある。当時すでに、彼はITベンチャーのカリスマとなっていた。

彼が代表を務めるゾロアスタープランニング株式会社は、従業員五人ほどの小さな会社からスタートしたかと思うと、既得ビジネスにあぐらをかいていた大手企業を蹴散《けち》らし、またたく間に次世代モバイル端末市場を席巻《せっけん》した。

都会のド真ん中で自己顕示するがごとく突き上げる高層オフィスビル――IT成功者たちがこぞって巣くうあのビルを何フロアも占有して、次々とビジネスの手を拡げた。

その鮮烈すぎる躍進ぶりは、ITビジネスに関係のない人たちの関心をもひきつけたのだった。

ビジネスの成功ばかりではなく、有馬達也という人間の生き様《いざま》そのものが大きな注目を浴《あ》びた。スリムな体躯《たいく》と鋭い顔立ち。ハイセンスなファッションと隙《すき》のない身のこなし。

そして、なによりも、歯に衣着《きぬ》せぬあの攻撃的な発言――。その漫画じみてデフォルメされたキャラクターは、マスコミの恰好《かっこう》の素材となった。テレビ番組にも頻繁に顔を出していたし、ビジネス誌の表紙を飾ることも多かった。

有馬さんの信条は、ひとことで言えば、自分のためだけに生きろ、というものだった。人は、自分自身に対して絶対的な責任を負う義務がある。どんな不幸が自分に降りかかっても、それは自分自身の責任だと受け止める。他人のせいにしない。

自らの脚で大地に立つというその徹底した信念は、しかし、同時に、機械のような冷たさとなっても現われた。十分な根拠のない判断や、思いつきでの行動、そして何よりも、愛だとか希望だとかといった情緒に溺《おぼ》れることを、有馬さんは心の底から軽蔑した。名声にすら、有馬さんは価値を置いていなかった。「ビジネスにおける唯一のモノサシは、カネだ」と言い捨てた。

その硬直した信念の最終到達点は、徹底した利己主義だった。「他人のために何かをしてあげようだとか、社会のために貢献したいだなどと眠たいことを抜かす連中は、結局のところ、自分自身の人生に責任をもつ覚悟のできていないヤツらだ」と公言することをはばからず、遠慮のないエゴイズム経営を貫《つらぬ》いた。

そのメッセージの過激さゆえに、有馬さんは、当然に多くの敵を作ったが、同時にたくさんの信者をもひきつけることになった。とくに、若い世代から熱烈な支持を集めた。利己主義を貫く有馬イズムこそが、新しい世代の生き方のスタンダードだともてはやす向きすらあった。

好かれたにせよ、嫌悪されたにせよ、有馬達也はまぎれもなく時の人であった。

ある大手出版社が、ようやく有馬さんを説得し、彼のはじめての著作を出版することになった。もちろん、有馬さんのような引く手あまたの著名人が自分で原稿を書くはずなどなく、ゴーストライターの起用というのがお決まりのところだ。

そして、かつて有馬さんのインタビュー記事を担当した実績を買われて、僕が、そのゴーストライターに抜擢《ばってき》されたのだった。有馬さん自身の指名だったらしい。

名誉なことには違いないが、僕にとっては、運よくおいしい仕事にありついたという程度の思い入れしかなかった。彼ほどの有名人の処女作のゴーストライターともなれば、かなりの印税が稼げることは間違いなかった。

この仕事が、僕の人生を大きく変えてしまうことになろうとは、そのときは想像だにしなかったのだ。

有馬さんが多忙すぎたこともあって、執筆前に改めてインタビューする機会すらほとんどなかった。「俺になり切って、あんた、自由に書いてくれよ」とだけ、有馬さんは言った。

以前にインタビューさせてもらったときの有馬さんの独特の息づかいやリズムのようなものを思い出しながら、僕は、有馬さん本人になったつもりで書いた。「有馬さんだったら、どんなふうに書くだろうか……」と想像しながら原稿を埋めていくうちに、僕はほんとうに有馬達也その人になり切っていた。有馬さんがいかにも言いそうな言葉が、次から次へとあふれ出てきた。それは、奇妙な体験だった。たとえば自分が演じている役になり切っている役者というのは、きっとこんな心の状態なのだろうと思った。

有馬さんの生霊《いきりょう》に憑依《ひょうい》されたかのような異様な感覚の中、三日間で僕は原稿を一気に書き上げてしまった。

そこからの展開は、夢を見ているようで、まるで他人事《ひとごと》のように現実感がなかった。出版された本は、五十万部の大量初版が発売と同時に品切れとなり、わずか一カ月半ほどの間に合計三百五十万部を売り上げるベストセラーとなった。

これは、ビジネス書のみならず、出版業界全般においても、異例の大成功だった。

「これまで語られてきた起業家のモラルが旧約聖書だとしたら、徹底した利己主義を提唱する有馬イズムは、起業を目指す現代の若者たちにとっての新約聖書だ」とまで持ち上げる評論家もいた。

まぎれもなく社会現象であった。ゴーストライターとして、舞台裏で息を潜《ひそ》めていたとはいえ、僕自身もこの狂乱のド真ん中にいた。

信じられないような額の印税が、ゴーストライターの僕にも降ってきた。想像したこともなかったような大金を手にした。

しかし、このあぶく銭《ぜに》を素直に喜べというほうが無理だ。逍遥出版から小説を出したとき、ありったけの熱を注ぎこんで書いた本が書店に並んでも、僕の生活はなにひとつ変わらなかった。それなのに、小遣い稼ぎ程度の軽い気持ちで、わずか三日で仕上げた本は、僕の生活を完全に変えてしまったのだ。気持ちは複雑だった。

そんな違和感を嗤《わら》うがごとく、本はひたすら売れ続け、とどまることのない大金が僕に浴びせかけられた。

それで終わっていれば、まだ僕は、有馬ブームの中でおいしい思いをさせてもらった一介のゴーストライターにすぎなかったことだろう。

ところが、事態はさらに意外な方向へと転がっていったのだった。

雑誌の取材の中で、有馬さんは、爆発的に売れて社会現象にまでなった著書が、実はゴーストライターが書いたものだということを自ら暴露《ばくろ》してしまったのだ。「あれは、もともとけなげに小説家を志していた松田純平という貧乏ライターが書いたものでね。私はほとんどノータッチなんですよ。だから、まあ、あれは彼の著書みたいなもんだね」と、まるで朝寝坊をして遅刻してしまった程度のことを白状するかのような気軽さであっさりと認めてしまったのだ。

そこからの展開は、まったく理屈に合わなかった。しかし、現実に起こったことだからいくら理不尽だと訴えたところで意味がない。

ゴーストライターの手になることが知られてから、件《くだん》の著書の売上げはさらに加速した。そればかりではない。僕の元には、連日、マスコミからの取材依頼が殺到し、挙句の果てには、企業や大学から講演の依頼まで来るようになった。有馬さん本人が多忙であったこともあるのだろうが、ゴーストライターとして有馬さんの主張の代弁をしただけの僕が、こともあろうに、有馬イズムの真の提唱者として表舞台に担《かつ》ぎ出されることとなったのだ。

ある考え方を提唱する人物がいるからその考え方が広まる――というものではおそらくないのだろう。時代が求めている考え方がある場合、大衆のほうから、無理やりにでも提唱者を担ぎ上げてしまうというメカニズムが、どこか人間の集合的無意識の深みに暗躍《あんやく》しているに違いない。

そんな集団ヒステリーともいえるような圧倒的な波に、僕は抗《あらが》うことができなかった。テレビ番組や雑誌の取材、講演などで、有馬イズムをまるで自分の信念であるかのように、熱く語っている自分がいた。心の中に違和感を抱えながらも、僕は有馬達也を演じ切っていた。有馬さんのゴーストライティングをしていたときのように。

そして、続編は、当たり前のように松田純平の名前で出版されることになった。それもすぐに百万部を突破し、大きな話題を呼んだ。

松田純平は、もはや僕ではなかった。

僕でない僕は、有名になった。いたるところでチヤホヤされた。管理しきれないほどの大金がどんどん舞いこんだ。

しかし、むかしのように、誰にも読んでもらえない小説を書きながら貧しい暮らしをするほうが正しい生き方なのだろうか？ 僕と大崎さんの魂《たましい》を注ぎこんだあの単行本は、ただ倉庫のスペースがないというだけで、あっさり断裁されて捨てられた。そんなふうにモノとしてしか扱ってもらえない本を書くことのほうが人間らしい生き方だなどと、誰にも言えないはずだ。

有馬イズムは、たしかに、たくさんの人々の心に届いている。いいじゃないか。僕は、有馬イズムの宣教師だ。それで、いいじゃないか――。

そんなふうに、僕の中の違和感は麻痺《まひ》していったのだった。


「――なあ、純平」

どれくらいの沈黙があったのだろう。大崎さんの切り出した言葉で、僕は我に返った。

「あ、はい」

「また、書いてみる気はないのかい？　あのときのような小説を」

「いえ……」

「ほんとうにいいのかい？　このままで」

「ええ。これで、いいと思っています」

「そうかい」

「――ほんとうに、あれからろくなご挨拶もせずに、ご無沙汰してしまって、申し訳ありませんでした」

体裁《ていさい》だけ整えたような言葉に、この話題を切り上げたいという僕の思いを察したのだろう。大崎さんは、わざとてきぱきとした話し方で、「忙しいだろうから、これで切るよ」と言った。

「ありがとうございました」と僕は答えた。

電話というのはおもしろいもので、実際の会話そのものを通してよりも、切る直前のあの一瞬の沈黙を通じて感じ合う部分のほうが大きい。それは、先に切ることへのちょっとした遠慮だったり、話し足《た》りない名残惜《なごりお》しさだったり、相手に本音を促《うなが》す暗示だったり。

しかし、ほんのひと呼吸の沈黙の後、先に電話を切ったのは、たしかに僕のほうだった。

カリスマ

その日の午後の商談は、寸分の狂いもなくゾロアスタープランニング株式会社の狙いどおりに運んでいた。

会議室の大テーブルに円をなした三雲《みくも》商事の御偉方《おえらがた》は、おもしろいほど僕の提案に食いついてきた。

とくに、澤田《さわだ》という若い専務の色めき立ち方は尋常でなかった。

「松田さんねえ、そりゃあ、たいへん魅力的な話だということはわかるけどね、ほんとうに大丈夫なんですかね？　ゾロアスターさんの提案だから違法ってことはないにしても、あとからモラル的にうちがバッシングを受けるなんてことにはならんでしょうね？」

ここまでリスクを懸念《けねん》するのは、おいしい話だと直観しているからに他ならない。こんな疑問が澤田から投げかけられることも、もちろん、有馬さんは想定していた。

《いかにも社長の娘婿《むすめむこ》らしいツッコミどころだからな》と、有馬さんは鼻の先で笑うように言った。《だがな、ヤツは、自分に火の粉《こ》がかからなければどんな悪いことだって平気でやるような男だ。だから、ヤツには、こう答えてやればいい。『万が一、モラルの面から咎《とが》められることがあったとしても――』》

「万が一、モラルの面から咎められることがあったとしても――」僕は、若き澤田専務のエセ正義感にあふれる目を見つめながら、声を低めて言った。「非難の矛先《ほこさき》は下請け会社に向けられるだけです。御社は被害者です。むしろ世間の同情をすら集めることになるでしょう」

周囲の顔色を確認しながら、「それもまたねぇ……」と彼は卑屈《ひくつ》に笑った。

「たしかに」僕は、深く頷《うなず》いてみせた。「世論の価値観など気まぐれなものです。しかし、私がこう申し上げるのには、客観的な根拠があります。こちらのデータをご覧ください――」

澤田専務は、メタルフレームの眼鏡に触れながら、スクリーンに投射されたスプレッドシートに目を凝《こ》らした。

《澤田のようなタイプは、とにかくデータで落とせ。つまり、万が一、プロジェクトが失敗したときにも、ヤツの決断の妥当性を証明してくれる客観的な言い訳さえ与えてやればいいんだ。逃げ道がありゃあ、簡単にガードが下がる。そこで打ちこむパンチは――》

僕は、語気を強めて、有馬さんから吹きこまれた言葉を澤田にぶつけた。

「むしろリスクという点では……これほど客観的な実績データがあるのに、躊躇《ちゅうちょ》してチャンスを逃したとなれば、逆に大口顧客から責任を問われる可能性だってないとは言えません。もちろん――」語調を和《やわ》らげ、すぐにリラックスした笑顔に戻れ。緩急《かんきゅう》のリズムこそが、ペースを摑む秘訣だ。「澤田専務は、大口からのバッシングぐらいのことで揺《ゆ》らぐような信念の弱い方ではありません。だから、私どもとしても、急なご決断をお願いするものではありません。ゆっくりとご検討いただければと思うのです」

最後のパンチは、恐怖心を刺激すること。それが有馬さんのいつもの戦略だった。

人は、それぞれに何かを怖《おそ》れて生きている。商談という心理戦も、要するにお互いの恐怖心のツボの探り合いだ。自分が何を怖《こわ》がっているか――それを先に相手に見透《みす》かされたほうが負けなのだ。

澤田の卑屈な笑顔から、一瞬にして血の気が引いた。この勝負がゾロアスターの勝利に終わったことは、最終ラウンドを待たずしてすでに明らかだった。

《澤田さえ落とせば、この仕事はもらったも同然だ。あのハゲ社長はスルーだ》有馬さんは、煙草の煙を吐き出しながら言った。《なにしろ、ブサイクな娘の幸せがかかってんだからなあ――》

大成功した著作がゴーストライターの手になるものだということを、有馬さんは、なぜああもやすやすと公表してしまったのか――。

正義感や正直さ、潔《いさぎよ》さなどという理念が、利己主義を貫く有馬達也の辞書にあろうはずがない。かと言って、たいした考えもなく思いつきでしゃべるなどということは、常に先の先まで計算しつくしている彼にとってはまったくありえないことだ。

有馬さんはそのことについてひと言も語ろうとはしないが、彼の真の狙いは、松田純平を有馬イズムに巻きこむことにあったのだろうと、僕は見ている。

ゴーストライティングの出来をみた有馬さんは、有馬イズムを布教するために松田純平という人間の力を利用できると踏んだのだろう。いや、かつて一度だけインタビューをしたときに、もうすでに僕の使い道を値踏みしていたに違いない。

すべては、有馬さんの計算通りだったのだ。

果たして、僕は有馬イズムの伝道師としてのレッテルを貼られることになった。そして、僕もまた、金と名声にまみれてその役を演じ切った。

有馬イズムの顔として、松田純平の名前が世に知られるようになるとすぐに、僕はゾロアスタープランニング株式会社の取締役に迎え入れられた。いわば会社の広告塔として、とくに大きな商談では自らがプレゼンをするようになっていた。もちろん、一介のライターにすぎなかった僕が、すぐに何十億ものビジネスを動かすプレゼンなどできるはずもない。一言一句まで、有馬さんが裏で僕を操《あやつ》っていたのだった。


帰りの車の中で、有馬さんは煙草に火をつけた。

「澤田は落ちたな。あとは、こっちがのんびりとかまえていればいるほど、向こうのほうから焦《あせ》って追っかけてくるさ」深々と吸いこんだ煙を吐き出しながら、有馬さんは笑った。「まったくオンナみたいなもんだ」

「社長——」運転手が振り返ってにやりとした。「今月から、社用車も全面禁煙にしたんじゃなかったでしたかね？」

「おや、そうだったかね。しょうがねえな」と、有馬さんは一服しただけの煙草を灰皿に押しつけ、ばつが悪そうに照れ笑いを見せた。「社長だけ例外ってわけにもいくまい――。ところで、明日は特番の収録日だったな？　何時に終わる？」

「十七時か、まあ押したとして十八時には社に戻っています」

「それなら都合がいい。十九時から、小室《こむろ》証券の社長と会食することになった。一緒に来てくれ。絶対に外《はず》せねえからな。親が死んでもすっぽかすなよ」

すっぽかすもなにも、僕に親がいないことは有馬さんも知っている。そのくらい重要な商談だと言いたいだけなのだ。彼流のレトリックだ。

「わかりました――」

内ポケットから手帳を取り出したとき、小さな紙切れがこぼれ落ち、有馬さんの足元にふわりと着地した。

有馬さんは、それを拾い上げると、顎《あご》を上げて、遠慮なくまじまじと眺《なが》めた。

「病院？　どっか悪いのか、松田」

「あ、いえ。そこの病院に、僕に会いたいって言っている患者がいるらしいんです。子供なんですが」

「病気の子供ねえ」

「もうすぐ死ぬんだそうで。会ってやってくれないかって、看護師から」

「へえ」

「もちろん、そんな人情劇に関わるつもりなどありませんが」

こんなものをどうして捨てずに持っていたんだろう——という素振《そぶ》りで、僕は、返してもらったメモを破り捨てようとした。しかし、有馬さんは僕の手を押さえて、言った。

「行ってやるといいよ。会ってやれよ、その子に」

「え？」

「イメージアップになるじゃねぇか。余命いくばくもないいたいけな子供とゾロアスタープランニングの若き広告塔との愛の交流——使えそうだぜ」

有馬さんは、それからずっと押し黙って窓の外を見ていた。小室証券を落とすための戦略を、頭の中でシミュレートしているのだろう。

首都高速を降りるころには、もうすっかり暗くなっていた。

夜景

会議を終えて帰宅した僕を迎えてくれたのは、高層階の部屋の大きなガラス窓から見下ろす午前三時の都会の夜景だけだった。

ジャケットを脱ぎ、ばかでかいソファーの背にかけ、その隣にどっかと腰を落とした。まだ新しい革が、ぎゅうと音を立てた。僕はため息をついた。

疲れ果てて、このまま朝まで眠りこんでしまうこともよくあった。だが、今夜ばかりは妙に目が冴《さ》えていた。心の中の何かが、はっきりと醒《さ》めているのを感じていた。

三雲商事のたかだか三十億程度の商談がうまくいったくらいのことで興奮しているわけではないだろう。久しぶりに大崎さんと話をして、あのころを思い出したせいだろうか。その大崎さんから聞いた病気の子供のことが気にかかるのだろうか。

こんなときは、酒でも呷《あお》って眠るものなのだろうが、僕はアルコールはやらない。有馬さんから禁止されているのだ。現実から目を背《そむ》け、自らの弱さに浸るきっかけになるようなものはほとんどすべて取り上げられている。

自分に対する厳しさに裏打ちされていない利己主義なら、それはただのわがままでしかない。有馬イズムの過激な利己主義が、それでも多くのファンをひきつけるのは、有馬達也自身が自らを厳しく律しているところにあると、僕は思う。

だからこそ、僕も有馬さんについてきたのだろう。

それにしても、三十億の商談を成立させても何の達成感も喜びも感じられない僕は、三百円の小冊子を定食屋のレジの横に置いてもらったことに小躍《こおど》りしたあのころの僕と、同じ松田純平なのだろうか？

何をくだらないことを――。妙に感傷的になっているじゃないか。僕は自分を馬鹿にするように笑った。


テーブルの上に、今日届いた郵便物や宅配便の類《たぐい》が置かれていた。家政婦が、まとめて置いていってくれるのだ。

その中に、テレビ局からの小さな包みがあった。

オンエアを録画したＤＶＤを、自宅宛に届けてくれたのだ。先々週に僕がテレビのインタビュー取材を受けて、たしか、おとといあたりに放送された番組だ。

別に確認するような内容でもないし、テレビ出演なら、ゾロアスタープランニングの広告塔として数え切れないほどこなしている。しかし、どうせ眠れないのなら自分のテレビ映りをチェックしてみるのも一興《いっきょう》だろうと、ふとそう思えたのだった。

ＤＶＤプレイヤーの電源を入れてディスクを放りこんだ。

番組冒頭のコーナーといくつかのＣＭを早送りすると、ようやく僕の顔が出てきた。ホテルのスイートルームのソファーで脚を組んだ僕が、若い女性アナウンサーのインタビューに答えているところだった。

「本日は、ゾロアスタープランニング株式会社取締役、松田純平さんにお越しいただいています。松田さん、お忙しい中、ありがとうございます」

画面の中の僕は、ゆっくりと笑顔を作って頷いてみせた。すべてにスローペースを心がける。相手を待たせるくらいでちょうどいい――。これも有馬さんの教えだ。

「松田さんは、ゾロアスタープランニングの顔として、マスコミなどでもご活躍ですので、改めて説明など要《い》りませんね。今回の上場も、松田さんのお力によるものだと言っていいでしょう」

僕は、いえいえ、とゆっくり首を横に振って謙遜《けんそん》の姿勢をみせた。

「社長の有馬が最近ではあまり表に顔を出さないので、私ばかりが目立っているというだけのことですよ」

「さっそくですが松田さん、御社は、常識を覆《くつがえ》すような大胆な手法で業界を驚かせ続けていますが、こういった前例のないアプローチを採用することについて、あまりにもリスクが大きいと感じられたようなこともあったのではないですか？」

「いいえ」と、僕は笑った。「私たちのビジネスはギャンブルではありません。ギャンブルではなく、チャレンジなのです。しかも、十分に勝算のあるチャレンジです。前例がない、とおっしゃいましたが、表面的には荒唐無稽《こうとうむけい》に思えるような私たちの施策《しさく》も、実は、過去に確かな実績のあるアプローチを新しい形に焼きなおしたものにすぎないんです」

「そうなんですか？　何か具体例を挙げていただけますか？」

「たとえば、現在進めているプロジェクトも――」

ときおり挑発するような質問も織り交ぜながら、若い女子アナウンサーは、そつがないインタビューを進行していた。

想定外の質問を投げかけられたときにも、「有馬さんだったらどう答えるだろう？」と考えてみるだけで、説得力と切れのある回答がすぐに浮かんできた。いつものように、僕は有馬さんを演じていた。いや、有馬達也そのものになっていた。

「最後に、ゾロアスタープランニングの成功の秘訣を――というよりも、松田さんご自身の成功の秘訣を、何かひとつ教えていただけないでしょうか？　第二第三の松田純平を目指してがんばっている若い人たちへのヒントになるようなものを」

「成功の秘訣ですか？　もちろんありますよ」

「できるだけ簡単なアドバイスをいただければと思うのですが」

「簡単どころか、たったひとことで言えますよ」

「ひとことで？　それはぜひお聞かせいただきたいですね」

「それはね――」

「はい」

「自分のためだけに生きろ、ってことです」

「いわゆる、有馬イズムですね？」インタビュアーは、お約束の言葉を引き出すことに成功し、満足そうに微笑《ほほえ》んだ。

「そうです。人のためとか、社会のためとか、そんな甘い考えを捨てることです。そういうのは、孤独に耐《た》えられない負け組の言い訳なんですよ。企業というものは、あくまでも自らの利益を追求するための存在です。徹頭徹尾、利己主義を美学としなくてはなりません。誤解を怖れずに言えば、自分のポケットに入ってくる金だけがすべてだ、ということです」

インタビュアーは体裁だけ感心したふりで頷きながら、膝《ひざ》の上の台本に目を落とした。

「何か——勇気というか、覚悟というか、ずしっと響くものを感じますね」

「そうだといいですね。最近では、スピリチュアルだとか商売の神様だとか、オーラがどうの前世がどうのと、おかしなものをビジネスに持ちこむ人たちが増えてきていますんでね」

「そういったものはお信じにならないんですね」

「当たり前でしょう」僕は、大げさにため息をついてみせた。「神様なんてものがいるなら現われてみせてくれればいいんですよ。そうしたらみんな信仰もしますよ。人間がこんなに苦しんでいるのに、何で出て来ないんですか？　存在しないからでしょう？　存在しないものにすがるような弱い心で、成功なんかできるはずがないんです。自分の手で摑むことのできないものをいっさい否定することができれば、腹の底から力が湧《わ》いてくるんですよ」

「ですが、社員や地域の幸せのために、無私の経営をされている社長さんもたくさんおられます。そういう方々のお話を聞きますと、私なんかは感動してしまうのですが、そういうのもやっぱり、どこか心の弱さにすぎないんでしょうか？」インタビュアーの言葉には、挑戦的な響きがあった。

「そうです。先ほどお話ししたとおりですね。その社長さんは、本当に社員たちのために起業したんでしょうか？　地域のためにと会社を起こしたのでしょうか？　最初は、自分が金儲けをしたいと思ってはじめたんでしょう？　それなのに、それがうまくいかなくなると見るや、『社員のためにやってるんだ』だなんて自己犠牲を気取って自分を慰《なぐさ》めるんです。慰めるんならまだしも、自分を騙《だま》しているんです。自己欺瞞《ぎまん》ですよ。それが心の弱さでなくて何なのですか？」

「そういう面もあるかもしれません。でも、他人のために自分を捧《ささ》げるという生き方は、そんなふうに全面的に否定されてしまっていいのでしょうか？」

「全面的に否定なんかしていませんよ。ゾロアスターの成功の背後にある、私の価値観の話をしているだけです。私とは違う信念をお持ちの方がいても、それはそれでいいと思いますよ。結局は、自分の人生において、何を取るかです。人それぞれですよ」

「ということは、少なくとも松田さんにとっては、他人のために自らを捧げるようなことは、これからもまったくありえないと？」

「ありえないですね」と、僕は笑った。

「なるほど――。本日は、貴重な、そしてたいへん実践的なお話をいただきまして、ほんとうにありがとうございました」

インタビュアーは、深く頭を下げた。

「どうもありがとう」と、ピンマイクに手をかけながらソファーから腰を上げかけたとき、インタビュアーが、「あの」と顔を上げた。

「ひとつだけ、個人的にお聞きしたいことがあるんですが――」

このシーンがオンエアでカットされていなかったのは意外だった。

「なんでしょうか？」僕はソファーに座り直した。

「松田さんは、以前、小説を書かれていたと伺《うかが》ったのですが」

緊張が緩《ゆる》みかけたときに投げかけられた質問だったから、僕の心は揺れてしまった。だが、映像で見る限りは、まったくのポーカーフェイスに徹することができていた。

「ええ。売れない小説を書いていました。ずっとむかしですがね」

「逍遥出版から――ご著書を出されていますね」

「ずいぶん前に絶版になっていますがね」

「作家から先端ビジネスへ。大胆な転身だったわけですよね。何かきっかけがおありだったのですか？」

「まあ、私には――」笑いながら、画面の中の僕は立ち上がった。「こちらのほうが性に合っていたのでしょう」

そこでインタビューは終わった。映像がスタジオに戻ると、すぐにフラッシュメモリーを採用した新しいストレージについての特集コーナーがはじまった。

ＤＶＤプレイヤーの電源を切ると、リビングはふたたび静まり返った。置時計が秒を刻む音だけが響いていた。

ソファーに横になって、僕は、小説家の松田純平に会いたいと言っている子供のことを考えていた。その子は、どうして僕に会いたいなどと思ったのだろう。

長く病床に伏している子供だ。ろくな楽しみもないのだろう。だから、たまたま手にした本のどうでもいいような著者に会いたいなどと駄々をこねてみる。そういうことは、十分に考えられることだろう。だが、今回はナースを介している。子供のそんな気まぐれにいちいち付き合って、大の大人が出版社にまで電話をかけてくるとも思えない。まもなく死が近づいている患者だったとしてもだ。

空が明るくなりはじめたころになって、僕はようやく眠りに落ちた。

《かぼ》との出会い

七階建てのこぢんまりした病棟が一棟だけの、総合病院にしては質素な病院だった。整えられた庭の緑には、まだ朝露が残っていた。

事前に電話はしなかった。積極的に会いに来たというよりは、たまたま近くに用事があったのでついでに立ち寄ってみた、という感じにしたかった。

受付に立ち寄り、宮崎祥子《しょうこ》というナースに呼ばれて来たと告げた。担当者が内線電話を一本入れると、すぐに話は通じた。七階の小児科で宮崎がお待ちしております、とエレベーターまで案内された。

エレベーターは緩慢な速度で昇っていった。途中の階で乗り降りがあったので、七階に着くまでにずいぶん時間がかかった。

ようやく七階でドアが開くと、若いナースが直立不動で立っていた。ピンクの縁《ふち》の眼鏡越しの大きな瞳は、嬉しさを隠し切れないというように輝いていた。十代にも見えなくない童顔だが、実際には、二十三、四といったところだろうか。

「松田さん、お忙しいところほんとうにありがとうございます。出版社にご連絡をさせていただきました宮崎祥子です」

彼女は深々と頭を下げた。僕の訪問を心の底から待っていたというひたむきな気持ちが伝わってきた。事前に電話もせずに気まぐれで立ち寄ったような自分の横柄《おうへい》な姿勢を、僕は少し恥ずかしく思った。

「《かぼ》の部屋は、一番奥にあるんです。あ、《かぼ》っていうのは、ニックネームなんです。みんなにそう呼ばれているんですよ」

声を弾《はず》ませる宮崎さんに案内されて、僕は廊下を歩いた。一番奥といっても、小さな病棟のことだから、すぐにその部屋にたどり着いた。

病室のドアの脇のパネルには、《吉野薫《よしのかおる》》とサインペンで書かれた紙が差しこまれていた。ドアは開いていた。

「《かぼ》、松田さんが来てくれたよ」

宮崎さんに導かれて、僕はその明るい個室へと足を踏み入れた。

ベッドに横になっていた少年は、いたずらっぽい顔で僕を見上げると、ひょいと掛け布団をはねのけて上半身を起こした。人見知りをするようなところはまるでなく、嬉しさを隠そうともせず、そのくりっとした瞳はまっすぐに僕を見つめた。

顔は透き通るほど青白かったが、表情は若い生気をもって輝いていた。そう聞いていなかったなら、死が近づいている少年だとは思いもつかなかっただろう。短めに切った髪のあちこちが寝グセではねている様子が子供らしい無邪気さを感じさせた。グリーンのストライプのパジャマは、彼の華奢《きゃしゃ》な肩には少しばかり大きすぎるようだった。

背中に、何かがついていた。アクリルか何かでできたおもちゃの羽のようだ。天使の翼《つばさ》のつもりなのだろう。そういえばこんなのがパーティーショップで売られているのを見たことがある。しばらくベッドに横になっていたためだろう。その翼は少しばかり頼りない形にひしゃげていた。

「十二歳にしては、小さいでしょう?」宮崎さんは、掛け布団を整えながら僕に言った。

「宮崎さんだって二十五歳にしては小さいほうだろう?」《かぼ》は、宮崎さんに甘えるように、手足をばたつかせた。

「そうでもないんだから」

宮崎さんは、部屋のすみからパイプ椅子を持ってきてベッドの近くに置き、僕に勧《すす》めてくれた。僕が座るのを見届けると、あとでまた来ますから、と言って、丁寧《ていねい》に頭を下げた。彼女もまた嬉しさを隠し切れない様子で、《かぼ》に目配せをしてから、躍《おど》るように軽《かろ》やかな足取りで部屋を出ていった。

ただ顔を見せたというだけで、これほど喜んでもらえたことがいままでにあっただろうか。午前のきりっとした陽射しが差しこむ静かな個室に、《かぼ》と僕だけが残された。

十二歳の子供の扱い方などまるで知らない。まして、重い病を抱えて死んでいこうという子供に、どんな接し方をすればいいのか。まったく見当もつかなかった。とりあえずは、何か思いついたことを口にしてみるしかなかった。

「どうして《かぼ》って呼ばれてるんだい？　本名は吉野薫っていうんだろう？」

《かぼ》は、楽しげに頷いた。

「まだ、こんなふうに入院する前なんだけどね」

透き通った声だった。大きな声でこそないが、弾《はじ》けるような勢いがあった。

「うん」

「言葉が上手にしゃべれなかったんだ。頭の中では文章ができているんだけど、なんか、口がついてこない感じでね。一年生の最初の授業で自己紹介をしたんだけど、自分の名前なのに、《かおる》っていうのが上手に言えなくって、『よしのかぼるです』、なんて言っちゃったんだよ」

そっちの方角に小学校があったのかもしれない。《かぼ》は、窓の外に目をやりながら、楽しそうに笑った。

「クラス中、大爆笑でね……。それからは、みんなに《かぼ》って呼ばれるようになったんだ」

おそらく、クラスメイトから吃音《きつおん》をからかわれていたというのがほんとうのところだったのかもしれない。しかし、《かぼ》の言葉や表情からは、いじけたようなところは少しも感じられなかった。

「なんて呼ばれてる？」

「僕かい？　そうだなあ。親しい人からは純平って呼ばれているかな」

「呼び捨て？」

「ああ、呼び捨てだね」

「じゃあ、純平……」そう言うと、もうちょっと近くに、と手振りで僕を招いた。

僕は腰を浮かせて椅子をベッドに近づけた。

ドアの向こうに誰も隠れていないことを確認する素振りをしてから、《かぼ》は、両手を僕の耳の周りに当て、小さな顔を近づけた。かすかに消毒液の匂《にお》いがした。

「純平だけに教えるけどね」

「うん」

「実は、ボクは天使なんだ」

それだけ言うと、《かぼ》は、黒く澄んだ瞳でじっと僕の反応を窺《うかが》っていた。

「そのようだね――」僕は、馬鹿にしているような雰囲気にならないように、できるだけ優しい笑顔を努めて頷いた。

どうしてわかったんだと驚いた様子で、《かぼ》は目を丸くして息を止めた。僕は《かぼ》の羽にそっと触れた。

「アクリルの羽の天使さん」

「ああ、これね」安心したように《かぼ》は頷いた。「本物の羽だとアレルギーを起こすといけないって、宮崎さんが買ってきてくれたんだよ」

それからしばらくの間、《かぼ》は、担当医の山田《やまだ》先生はカルテを見るときに意味もなく舌を出す癖があるのだとか、宮崎さんの血液型はB型に見えるけれど実はO型なのだとか、トイレに行くと決まって同じタイミングで鉢合わせてしまうおじいさんがいるのだとか、そんな他愛もないことを楽しそうに話した。

退屈ではなかった。仕方なく子供の相手をしているというような感じではなかった。《かぼ》との弾けるような陽気な会話には、心洗われる清々《すがすが》しさがあった。

ほのかに食べ物の匂いが漂ってきたかと思うと、ワゴンが廊下を行き来する音がにわかに騒がしくなってきた。そろそろ、昼食の時間が近づいてきているようだ。

「それで、天使の《かぼ》は、僕にどんな用があるんだい？」

「用？」

「ああ。僕に会いたいって、宮崎さんに頼んだだろう？」

意外なことを告げられたというように、《かぼ》は首を傾《かし》げた。

「ボクはすっかり、純平のほうがボクに用があるんだと思ってたよ」

「え？」

「テレビで言ってただろう？　神様なんてものがいるなら現われてみせてくれ。そうしたら信じてやる、って」

「ああ、あれか――」

「ほんとうはボクのほうから純平のところに行こうと思ったんだけど、病院から出るのはダメだって宮崎さんが言うもんだから。だから呼んでもらったんだよね」

「でも、君は神様じゃなくって天使だろう？」

「うん……そうなんだよね」その点については申し訳ない、というふうに残念そうにうつむいてから、《かぼ》は再び顔を上げて言った。「神様は忙しいからね。いちいち煩《わずら》わせられないんだよね。それで、ボクたち天使が、その代理ってことになるんだよ」

「なるほど。それじゃあ、《かぼ》は、神様の代理として、僕をどうやって救ってくれるんだい？」

「救う？」

「信仰も信念もない迷える子羊の僕を救ってくれるために、呼んでくれたんだろう？」

「ああ、純平は天使ってものが何なのか、まったくわかっていないんだね」《かぼ》は、がっかりした様子で首を横に振った。「いいかい？　天使はね、人間を救うために存在しているんじゃないんだよ。その反対で、キミたち人間こそが、ボクたち天使を助けてくれるために存在しているんだよ」

「ううん、どうもピンとこないね」

「そうだなあ。どんなふうにたとえればいいだろうなあ――」《かぼ》は天井を見上げてしばらく考えていた。白い喉元《のどもと》に、青い血管が鮮やかに透き通って見えた。「たとえば、小学校があるとしようか。ボクはずっと入院してて行っていないけどね」

「ああ」

「先生は、子供たちに算数とか国語とかを教えるよね」

「そうだね」

「でも、もし子供たちがまったく勉強なんかしないし、学校にも来なかったらどうだろう？　先生は役に立つことができないよね？」

「そりゃあ、仕事にならなくて困るだろうね」

「でも、もし子供たちが楽しく一生懸命に勉強して、りっぱに成長してくれたら、先生も助かるよね？　仕事になるよね」

「ちゃんと給料ももらえるだろうね」

「そう。それに仕事を通じて世の中の役に立てて嬉しいよね。幸せだよね」

「まあ、そうだろうね」

「だから、先生は子供たちに勉強を教える立場ではあるけれども、同時に、子供たちに救われる立場でもあるよね？」

「なるほど」

「だから、先生は子供たちよりもいろんなことを知っている大人だけれども、子供たちがいてくれるからこそそうやって先生でいられるんだよね」

「うん、たしかにそうだね」

「それと同じなんだ。もちろん、天使には人間よりも優れたところがある。だから天使なわけでね。でも、そんなボクたちも神様みたいに完璧じゃないわけ。誰かに助けてもらわなくっちゃあ、天国での課題を果たせないわけ」

「天国にいるんだから、神様に助けてもらえばいいんじゃないかい？」

「だから、さっきも言っただろう？」呆《あき》れる気持ちを辛抱《しんぼう》するようにため息をつきながら、《かぼ》は言った。「神様は忙しいから、天使になんかかまってられないんだよ。子供たちが勉強しないからって、総理大臣に交渉してもしょうがないだろう？　それと同じで、ボクら天使を救ってくれるのは、キミたち人間しかいないんだよ」

「それじゃあ、僕はどうしたら君を救ってあげられるんだい？」

「それは、こういうことなんだ――」やっとスタートラインにつくことができた、とばかりに《かぼ》は満足気に姿勢を正した。「物質とかモノのことは、人間のほうが得意なんだよね。そういうことについては、天使のほうが人間から教えてもらわなくっちゃいけないんだ。だけど、神様のことは人間には見えない。物質やモノの知識や経験からは測れないからね。だから、目に見えない神様のことを人間たちに伝えるのがボクらの仕事なんだ。小学校の先生が理科や社会を教えるようにね。ボクたち天使は、キミたち人間の魂に向けて、いつも神様のことをささやいているわけ。それに素直に耳を傾けてくれればいいんだよね。そうすれば、ボクたち天使も天国で幸せに暮らせるわけ」

「そんな簡単なことでいいのかい？」

「いや、その素直ってのが、意外に難しいんでね」《かぼ》は少しばかり深刻な顔つきになった。「行き過ぎると迷信になっちゃうからね。自分を失って、怪し気なものに依存するようになっちゃう。だから、ちゃんと地に足をつけて、物質世界を健全に生きながらも、同時に神様のことも聞けるような素直さをもつっていうのはね、これはかなりのバランス感覚が求められるんだよね」

《かぼ》は、ただ未熟で混乱しているだけなのだろうか？　いや、むしろ十二歳にしては十分すぎるほど論理的にものごとを考えられる子供なのではないか。まったく奇妙なことだったが、筋《すじ》が通っているという意味では、どこか有馬さんにも通じるところがあるようにも思えた。

神様や天使という馬鹿げたものの存在を前提にしているという点においては、たしかに、戯言《たわごと》と一蹴《いっしゅう》もできよう。しかし、神様というものの存在を前提にしたとするならば、そのあとの話は、決して支離滅裂《しりめつれつ》だと言い捨てられない。《かぼ》は神様というものを信じている。僕は信じていない。《かぼ》の話が僕にとって荒唐無稽に思えるとしたら、それはただ単に、そのスタートの前提が異なるだけ。そんな気がしてきたのだ。

あの有馬さんが、もし神様を信じていたならば、ひょっとすると《かぼ》と同じようなことを言うのかもしれない。そんな想像すら難《かた》くなかった。

僕は、いわく言いがたい類《たぐい》の関心を《かぼ》に寄せはじめていた。

「それじゃあ、僕は、自分の頭でしっかり考えることも忘れないようにしながら、同時に、先入観にとらわれずに、心を開いて《かぼ》の話を聞くようにすればいいんだね？そうすれば、君は救われるってわけだね」

《かぼ》は、嬉しそうに微笑むと、「ところで、みかんがあるんだけど食べないかい」と言った。

宮崎祥子

エレベーターのドアが開くと、宮崎さんは先に飛び乗り、中からドアを押さえて僕を入れてくれた。ドアが閉まり、エレベーターはゆっくりと降りはじめた。

「お忙しい中、わたしのわがままを聞いていただいて、ほんとうにありがとうございました」

僕がそう言うと、宮崎さんは思いに耽《ふけ》るような顔になった。

「病気が重いと聞いていたので、あんなに明るく元気な子だとは思いませんでした」

「松田さんのテレビを見てからなんですよ」

「え？」

「それまではけっこう沈みがちな子だったんです。いま、《無邪気で明るい天使》って感じでしょう？　でも、以前はどっちかというと《悩める天使》という感じで、ひとりでしょんぼりしてることが多かったんです――」

エレベーターは三階でいったん止まった。老婆が頼りない足取りで乗ってきた。「飯田《いいだ》さん、一階でいいかな？」と宮崎さんが声を上げて聞くと、老婆は嬉しそうに深々とお辞儀《じぎ》をした。

エレベーターが一階に着いた。老婆は宮崎さんにまたお辞儀をしてから、僕たちとは反対のほうにゆっくりと歩いていった。「飯田さん、お大事にね」と宮崎さんは元気に声をかけた。

「――ところが、日曜日の午後、テレビのチャンネルを回しているうちに、たまたまあの番組に釘付けになってしまって。そのときから、ボクはこの人に会うんだ、って。《かぼ》、急に元気になっちゃって」

「そうだったんですか」

「大きな会社の偉い人なんだから、電話したってつないでくれるはずないでしょって。何度も言って聞かせたんですけれど」宮崎さんは思い出しながら笑った。「会社はダメだろうけど、逍遥出版に電話して小説家の松田純平さんに会いたいって言えばつなげてくれるはずだ、って。よくそんな難しい出版社の名前を覚えてたなって。わたし、へんなところに感心しちゃって」

「それで出版社に電話を」

「ええ。いちおう連絡先だけ控えておいてもらったよ、って言うと、きっと来てくれるはずだって。もうほんとうに喜んで」

「いったい、僕の何がそう感じさせたのか、見当もつきませんが」

「わたしには――」宮崎さんは、まっすぐ前を見ながら言った。「少しだけわかるような気がします」

駐車場までついてきてくれるつもりのようだった。お忙しいでしょうからここで結構ですよ、と気をきかせたが、宮崎さんはただ笑顔を返しただけだった。

庭を並んで歩いている間も、宮崎さんは、すれ違う患者の一人ひとりに笑顔で声をかけた。

「松田さんみたいな、すごい人にはわからないかもしれないけど――」嫌味《いやみ》な響きはまったくなかった。宮崎さんの言葉には敬意がこもっていた。「たしかに、わたしの代《か》わりなんかいくらでもいる。ナースなんかいっぱいいるし、わたしがいなくなっても、別に誰も困らないもの。でも、そんなわたしにだって、宮崎さんじゃなくっちゃ嫌《いや》だって、そう言ってくれる患者さんもいてくれるんです。そんなふうに、たったひとりでも、誰かに必要とされているってことが、たぶん幸せってことなんじゃないかなあ。その人のためだけにでも、生き抜く価値があると思うんです」

《自分のためだけに生きろ――》と、インタビューに答えている自分の姿がフラッシュバックした。

「《かぼ》は――」宮崎さんは、僕の目を見て、ちょっと恥ずかしそうに笑った。「自分を必要としてくれるたったひとりの人に、やっと出会えたんじゃないのかなあ」

駐車場の入口まで来た。「それじゃあここで」と僕が言うと、宮崎さんは、「ほんとうにありがとうございました」と頭を下げてから、病棟へと小走りに帰っていった。何度も、何度も、こちらを振り返りながら。

来たときは空いていた駐車スペースも、ほぼ満車の状態になっていた。

ゆっくりと車を出しながら、ちらりと病棟のほうを見上げた。七階の病室の窓から《かぼ》が大きく手を振っているのが、小さく見えた。運転席の窓を開け、腕を出して手を振り返してみたが、《かぼ》からはちゃんと見えただろうか。

病院のゲートを出るとすぐに国道に入る。僕は徐々にアクセルを踏みこんだ。バックミラーの中の病院が消え入りかけたころに、突然、予想もしていなかったことが起こった。

僕は、子供のように大声を上げて泣き出していたのだ。

第2章　有馬達也

スポットライト

軽い挨拶を交わしてから、僕と白川友美《しらかわともみ》は、中央の椅子に向かい合う形で座った。

白川さんは、今回のテレビ番組収録のために、相談者として来てくれた子だ。十八、九歳くらいの、清楚《せいそ》で可愛らしい女性だった。彼女がどんな相談を持ちかけてくるのかということさえ、僕は聞かされていなかった。まったくの初対面だった。

白川さんは、膝《ひざ》の上に乗せた両手でハンカチを握りしめていた。

ふたりの背後には、六名のタレントたちが、これからはじまる有馬イズムのカウンセリングを見守るオブザーバー役として座っている——。

番組の具体的な内容が固まったのは、いまから二週間ほど前のことだった。Sテレビ・番組制作局のチーフディレクター、三田村広志《みたむらひろし》は、作家たちと練《ね》り上げた構成台本を持って、鼻息も荒く、ゾロアスタープランニングを訪ねてきた。

電話でのやり取りからイメージしていたよりも、実物の三田村さんはずっと若かった。力強い声からがっしりとしたスポーツマンのような体躯《たいく》を想像していたが、むしろアーティスト然とした、繊細な感じの若者だった。

「今回の特番は、ゾロアスタープランニングの取締役としてではなくて、松田さん個人の生き方に徹底的に焦点を当ててみたいんですよ」と、三田村さんは、もったいぶった口ぶりで言った。

「僕の生き方？」

「有馬イズムですよ、有馬イズム。いまやビジネス界の枠を越えて、若者の生き方そのもののバイブルです。これで救われた人がどれだけいるかしれない」

「バイブルねえ」台本をめくりながら、僕は苦笑いをした。

「ええ、ええ。いままで他人の期待に応《こた》えようとするばかりでがんじがらめだった若者たちが、『自分のためだけに生きろ』という松田さんの教えで、たくさんの勇気をもらったんですよ。ほんとうにすごいですよ、松田さんの影響力は」

「そんなものですかかね」

「そうですとも。そういうこともあるんでね、番組の中で、悩んでいる若者を登場させてですね、松田さんにガチンコで説教してもらおう——ってのが、まさに今回の企画の肝《きも》なんです」

「説教？」

「――といいますか、まあ体《てい》よく言えば、カウンセリングといいますかね。台本の、この、八ページのところですね。えっと、有馬イズムの紹介ＶＴＲがあって、それから松田さんが、悩める若者の心をガツンとですね、感動的に導くっていうところをリアルに見せつける。これをいきなりクライマックスにもってくるわけですよ。そうすれば、その後の、ゲストのタレントたちとのトークが非常に盛り上がるだろうと――そんな流れを考えているんです」

「なるほどね。それにしても、ゴールデンタイムにこんな特番がほんとうに成立するんですかね？」

「しますとも。もちろん、レギュラー化も視野に入れています。なにしろ、今回はとくに大口のスポンサーがついていますのでね」

「大口の？」

「小室証券ですよ。あそこは、若者向けの金融商品に力を入れているでしょう？　有馬イズムのブームに乗っかりたいっていう狙いもあるんでしょうし、何しろ小室社長ご自身が松田さんにえらく心酔《しんすい》してるらしいですから」

「そうでしたか」

「時代はね、松田さんを求めているんですよ。これから有馬イズムのビッグウエーブがやってきます。これまでよりもはるかに大きな波がね――」

「では回します！　5・4・・・」ディレクターの無言のキューとともに、スタジオは張り詰めた静寂《せいじゃく》に包まれた。

「私……」白川さんは、喉《のど》を詰まらせたように、軽い咳《せき》払いをした。

「かまわないよ。思うままに、楽にしゃべってくれればいい」

「はい――」ぎこちなく笑った彼女は、うつむいたまま話しはじめた。「私、いつも表面的には明るく振舞っているし、友達も、彼氏も、みんな私のこと、陽気なタイプだと思っています」

「でも、ほんとうの自分は違う――ってわけか」

「ええ。自分が……なんというか、とっても無価値に思えて……。こんな私が、ほんとうに生きていてもいいんだろうかっていう思いに、いつも苦しめられてて」彼女は、ハンカチをぎゅっと握りしめた。

「生きていくのに、別に、他人の許可なんか必要ないんじゃないかい？」

「他人ではなくて、私自身が自分には生きる価値がないと思ってる、というか――」

「でも、苦しんでいるってことは、君としては生きていたいって気持ちもあるんだろう？」

「それすらも、よくわからなくなってしまってて。どうせ価値がないのなら、生きていてもしょうがないような気がして……。もっと自分に自信がもてたらいいのだけど」

「ふん――」僕は、ゆっくりと脚を組み替えた。「話を聞いているとね、どうやら、君がほしいのは自信じゃないだろう？　むしろ、他信じゃないのかい？」

「他信？」

「まあ、そんな言葉は実際にはないけどね。僕が言いたいのはこういうことだ――」

彼女は、息を凝《こ》らして僕の顔をじっと見つめていた。

「いいかい？　自信っていうのは、自分が自分を信じることだろう？　でも、ほんとうは君は、自分を信じてあげたいって気持ちよりも、他人に自分を信じてもらいたい、誰か他人に自分の価値を認めてもらいたいっていう思いのほうが強いんだよ」

「はい――」彼女は声を詰まらせた。

「君に足《た》りないのは自信なんかじゃない」僕は彼女の目をまっすぐに見つめた。「君は、自分を無視しているんだよ」

「自分を、無視している――？」

「はっきりここで言ってみろよ」僕は、語気を強め、詰め寄るように身を乗り出した。

「いままで誰の期待に応えようとがんばってきた？　誰に褒《ほ》めてもらおうとがんばってきた？　誰の顔色を窺《うかが》ってきた？」

「――」大きく見開いた彼女の目から、大粒の涙がこぼれ落ちた。モニターに、その表情がアップで映し出された。スタジオ中が息を飲むのがわかった。

「親の……両親の期待を、裏切りたくなくって――」

「そうかい。それじゃあ、話は簡単だな。僕が君に言えるのはひとつだけだ。今日から、自分のためだけに生きてみろ！」

「自分のためだけに……」

「冷たいと言われようが、わがままだと言われようがかまわない。徹底的に自分のことだけを考えて、自分の利益だけを考えて生きてみろ」

「でも――」

「でも、じゃない。覚悟を決めるんだ。親であれ友達であれ恋人であれ関係ない。『私は、私のためだけに生きる』と、ここでそう決断するんだ。言ってみろ！」

「え？」

「『今日から私は、私のためだけに生きる』と、言ってみろ」

「いま……ですか？」彼女はうつむいて、震えていた。

「いまできないことが、どうして明日できる？」

「は、はい――」彼女は、決心がついたように顔を上げた。「私は……」

「もっと大きな声で！」僕は怒鳴《どな》りつけるように大声を出した。

「わ、私は今日から……」彼女も、はっとして語気を強めた。「私の……私のためだけに、生きる！」

涙に濡《ぬ》れた白川さんの頬《ほお》に、いまは勇気が輝いていた。

「そうだよ。それでいいんだ」

「なんだか、勇気が湧《わ》いてきました。自分のために……自分のためだけに生きても、いいんだ。他人のことなんかでとやかく気持ちを悩ませる必要なんてないんだ」

「ああ、そうだとも」

「ありがとうございます！　私、いままで何をしていたんだろう？　自分を信じたいって言いながら、自分のことなんかぜんぜん認めようともせずに、他人の顔色ばかり見てたんだ。他人の顔色の中に、自分の価値を見つけようとしていたんだ」

「ああ」

「自分の価値は自分の中にある──。それを信じるからこそ自分のためだけに生きるという覚悟が生まれてくるんですね」

「そのとおりだよ」

「力が湧いてきました。私、これからがんばってやっていきます！」

拍手が誘導され、喝采《かっさい》がスタジオいっぱいに鳴り響いた。ゲストのタレントたちも総立ちとなり、白川さんと、そして僕に、晴れやかな笑顔と大きな拍手を向けた。

僕が、続いて彼女が、椅子から立ち上がった。僕が握手を求めると、「ありがとうございました」と言いながら、彼女はしっかりとした力で僕の手を握り返してきた。

「オッケーです！」

ディレクターの掛け声とともに、スタジオを縛りつけていた緊張の糸が緩《ゆる》んだ。

カメラのケーブルを始末する者、照明を調整する者、タレントの化粧を直しにくる者などが入り乱れ、スタジオは再び騒々しくなった。

スタジオのすみに、収録の合間に出演者が一服するための一角がある。飲み物やお菓子やおしぼり、灰皿などが無造作に置いてある。

そこで僕は、紙コップの水を飲み干《ほ》した。とても喉が渇《かわ》いていた。

三田村さんが満面《まんめん》の笑《え》みをたたえて駆け寄ってきた。

「松田さん、よかったですよ。いや、実にすばらしかった。正直、ここまで迫力のある絵が撮《と》れるとは思ってなかったですよ」

モテる中年男のイメージで売っているタレントのTが、煙草に火をつけながら近寄ってきた。

「ほんとうにね。すごかったですね。感動しましたよ。僕らも、不安になるときがあるんですよ。ファンの反応だとか、視聴率だとかね。でも、今日のカウンセリングを聞いていて、僕も自分のために生きればいいんだって思ったら、何か、ものすごく勇気が湧いてきましたよ」

「私、聞いてて、泣いちゃいました。なんか、あの子の気持ちがわかるなあって」と、グラビアアイドルのSが、顔に粉をはたいてもらいながら言った。

「そうだよね。うるっときたよ」Tは深く感じ入ったというふうに頷《うなず》いた。

お笑い芸人のUが、ウーロン茶を手に話に入ってきた。

「僕らもなんでお笑いをはじめたかっていうと、やっぱり自分のためだったんですよね。お笑いが好きだったり、有名になりたかったり、って。でも、いつの間にか周囲の顔色を窺うことばっかりになっちゃって、正直、苦しいとき、ありますよね」

「ですよね。ほんとそう」Sは鏡の中の目尻のあたりをチェックしながら言った。

「有馬イズムというのは、まさに時代が求めている生き方なんだね。三田村君、この感じだとレギュラー化は間違いないよね」と、Tは、三田村さんの肩を叩いて労《ねぎら》った。

「ありがとうございます。そのときはみなさん、またご出演のほう、よろしくお願いします」と、三田村さんはタレントたちに媚《こ》びた笑顔で言った。

ＡＤが走ってきて、「この後、ゲストのみなさんと松田さんのトークのコーナーになります」と声を張り上げた。「ちょっと押してますんで、二十五分スタートで回させてください――」

嫌《いや》がらせ

「収録は無事に終わりましたか？　だいぶお疲れのようですが――」秘書の長峰良子《ながみねりょうこ》は、心配そうに僕の顔を覗《のぞ》きこんだ。運んできたコーヒーカップを置く手が、宙で止まった。「十九時の会食まで少し時間がありますので、仮眠でもとられたほうが……」

「いや、大丈夫だよ。それはそうと、長峰さん――」

「はい」

「田嶋《たじま》がまた何か言ってきているんじゃないかい？」

「ええ、まあ……」長峰さんは言葉を濁《にご》した。

今回の小室証券との会食に呼ばれなかったことは、田嶋剛志《つよし》の神経を逆《さか》なでするものに違いなかったのだ。

田嶋は、大手保険会社の営業本部長として名を成してきた男だ。今年の頭に、ゾロアスタープランニングの営業統括本部長としてヘッドハントされてきた。年齢は僕よりもふたつくらい上だったはずだ。

ゾロアスタープランニングの顔として世間の注目を浴《あ》びている僕に対して、田嶋は嫉妬《しっと》心をあらわにしてはばかるところがなかった。その過激さは、同世代のライバル意識というレベルを越えていた。

ゴルフ焼けした顔と角張った顎《あご》。腹のあたりにいささか脂肪を溜《た》めこんでいるとはいえ、がっしりと張り出した肩は、なるほど大学でラグビー部の主将をしていただけのことはある。この雰囲気と声の大きさでごり押しすれば、気の小さい相手になら多少の無理難題も承服させてしまえるのだろう。

大きな商談に僕が絡《から》むと、露骨な嫌《いや》がらせを繰り返した。誹謗中傷《ひぼうちゅうしょう》はもちろんのこと、僕に伝えられるべき情報を意図的に隠したり、間違ったデータを渡してきたりと、まるで子供じみた嫌がらせだった。

目的のためには手段を選ばないという点では、あれもまた有馬イズムのひとつのカタチなのだろう。だから、僕にとっては痛くもかゆくもない。しかし、その矛先《ほこさき》が秘書の長峰さんにまで及ぶことも多く、それには、正直、憤《いきどお》りを禁じえなかった。

長峰さんは、たしか、今年で三十五歳になると思う。離婚し、子供ふたりを引き取っている。ゾロアスタープランニング創設当初からの社員で、もともとは有馬さんの秘書だった。僕が取締役に就任すると、僕の秘書に就《つ》いてくれたのだった。

「また、長峰さんを中傷してきているのだろうが――」

「いえ、私は大丈夫ですよ。そんなことより――」と、長峰さんは笑った。「小室証券との商談は、今年一番のビッグビジネスになりますね。ファイト一発、がんばってくださいね」

長峰さんの大げさなガッツポーズに、思わず僕は声を上げて笑ってしまった。笑うと、強張《こわば》っていた腹のあたりの筋肉が緩んだ。気持ちがふっと楽になった。

「ありがとう。長峰さんには、いつも勇気づけられるよ」と言って、僕は彼女の肩を叩いた。

有馬さんと信吾《しんご》くん

果たして、その日の夜の小室証券社長との会食は、非の打ち所のないほどに盛り上がった。小室社長は終始上機嫌だった。彼がスポンサーとなる例のテレビ特番の話題になると、社長はことのほか上機嫌だった。今回の商談がまとまることを、有馬さんは確信したようだった。

「小室証券との信頼関係が確立すれば、今後の展望が一気に拡がる」と言いながら、有馬さんは煙草を取り出した。

運転手が冗談めかして大げさな咳払いをした。有馬さんは、苦笑いして煙草をポケットに戻した。

「小室にとって、実際のところ、全社的なモバイル端末の置き換えなどどうでもいいことなんだ。あそこは、若者向けの金融商品にとくに力を入れようとしている。だから、小室の腹ん中には、若い年代に支持されている有馬イズムのブームに乗っかりたいって下心があるんだ。有馬イズムに洗脳された若者たちは、小室にとっちゃ絶好のカモってわけだ。気取った顔しやがって、心ん中じゃあ、目を血走らせて舌なめずりしてるのさ」

「そういうことでしたか」

「つまり、今回の商談は糸口にすぎない。今後は、本格的なパートナーシップにまで発展することは間違いない」

「うちとしても、小室証券とのパートナーシップは大きいですね」

「もちろんさ。でなきゃ、何を好き好んであんなタヌキと飯を食わなきゃいけねえ」

「なるほど。有馬さんの目的はパートナーシップでしたか」

「田嶋がまたうるさいことを言ってきているとは思うが、今回の小室証券へのアプローチは、全社的マターだ。営業統括が口を出す幕じゃない」

「まあ、田嶋さんのことは、いつものことですので――」

有馬さんが、何か言おうと口を開きかけたとき、携帯電話が鳴った。

発信元を確認した有馬さんの表情は、急に強張《こわば》った。

「……はい、有馬です。……そうですか……ええ、いつもご迷惑を……はい……ご迷惑をおかけしまして、申し訳ありません。これから迎えにまいりますので……はい……ありがとうございます……お手数をおかけします……はい。失礼いたします……」

電話を切ってから、有馬さんは小さく舌打ちをした。

「何か、あったんですか？」

「警察からでね」

「警察？」

「息子だ。カラオケボックスで酔っ払っているところを補導された」

「それは大変じゃないですか」

「いや――」有馬さんはため息をつきながら首を振った。「いつものことだ。問題児でな。まったく、面倒ばかりかけやがる――」

有馬さんの口から家族の話題などを聞いたことがなかったから、子供の不祥事で警察に呼び出された有馬さんの狼狽《ろうばい》振りを目の当たりにして、僕の心も動揺した。

有馬さんが、中学一年生になる男の子とふたり暮らしをしているということは、何となく耳にしていた。奥さんとは、離婚したのか、死に別れたのか、そのあたりまでは詮索《せんさく》したことがない。知りたいと思ったこともない。

運転手に指示をして、有馬さんは、警察署まで車を向かわせた。

「悪いが、少しだけ付き合ってくれ」有馬さんは、窓の外に目をやったまま僕にそう言った。

警察署に着くまでの二十分ほどの間、有馬さんはずっと押し黙ったまま、窓の外に流れる単調な夜の街並みを眺《なが》めていた。

横柄《おうへい》な態度の職員に小言をもらっている間、有馬さんはただひたすら頭を下げていた。

こんな有馬さんを見るのは、もちろん、はじめてのことだった。

警察署の外に出ると、小雨が降りはじめていた。まだ酔いのさめきらない少年の足取りはおぼつかなかった。

「信吾《しんご》――」有馬さんは、声を荒げるでもなく、静かな口調で言った。「俺に不満があるなら、こんなケチなまねをせずにはっきりと言ったらどうだ」

「他人の迷惑を省《かえり》みずに、好き勝手に酒を飲んだだけだろう？　自分のことだけ考えてりゃあいいってのが、父さんの教えだよな」信吾くんは、酔って焦点の外《はず》れた目で、有馬さんを睨《にら》みつけた。

食ってかかる息子の顔を見ようともせず、有馬さんは無関心とも言えるほどに落ち着きはらっていた。

「お前は、自分のことすらキチンとできてないじゃないか。こうやって親に引き取りに来てもらわなきゃあ、外の空気だって吸えない身分だろう」

「じゃあ、父さんは誰にも頼らずに、自分ひとりの力だけで生きているって言えるのか？」

「ああ、そうだとも」

「見えないところで、自分を助けてくれている人がいるっていうことだって、あるんじゃないのかよ？」

「頼んだ覚えはないな」

「頼まれなくたって、そうやって守ってくれている人がいるかもしれないだろう」

「じゃあそいつが勝手にやってるんだろう」

「人のために何かしてあげたいっていう、そういう気持ちには価値がないのかよ？」

「気持ちなど、何の価値がある？」

「人のために尽くして死んだら、それは犬死《いぬじ》にかよ？」

「何を言うんだ」冷静だった有馬さんの顔が、わずかに歪《ゆが》んだ。

「死んで身体が無くなっちゃったら、それまでしてきた優しいことも全部ゼロになっちゃうってのかよ」信吾くんは、泣き出していた。

「信吾――」

「目に見えないものには、価値がないのかよ。自分の損得だけを考えて、人になんか同情したりすることもなくって、ずるがしこく立ち回って、結局、得したヤツだけが偉いのかよ」

信吾くんは、地べたにへたりこんで泣きじゃくった。

たまたまそのタイミングで警察署から出てきた制服警官が、心配してこちらに近寄ってこようとした。有馬さんは、大丈夫です、というふうに手振りで制した。

「松田、悪いが、タクシーで家に帰らせてもらっていいか」有馬さんは、僕の目を見ずに言った。

「ええ、もちろんです。深夜の会議は、僕のほうでまとめておきますので」

僕は、手を挙げてタクシーを止めた。

有馬さんは、信吾くんを抱き上げ、てこずりながらタクシーに乗りこんだ。

タクシーのドアが閉まる前に、有馬さんは、「すまんな」と小さな声で僕に言った。

悪意ということ

翌朝――。

午前中に社内での営業会議に顔を出すことになっていたのだが、体調が悪いということにして、キャンセルさせてもらった。電話口の長峰さんは、それが仮病であることなど見抜いていながら、「お大事にしてくださいね」と口裏を合わせてくれた。ほんとうは長峰さんに嘘をつく必要などないのだが、病気の子供と話をしたくなったから午前中休むなどということを、彼女にどう説明していいものか見当がつかなかった。

朝露の残る生垣の植物を眺めながら、受付までの道をゆっくりと歩いていると、どこか懐《なつ》かしい場所に戻ってきたような不思議な感覚に包まれた。

受付を済ませ、僕は、エレベーターに乗って七階まで昇った。エレベーターの緩慢な速度と同じように、ここでは時間すらもゆったりと流れているように思えた。

病室に入ると、ちょうど、宮崎さんが《かぼ》の鼻をティッシュでぬぐってあげているところだった。

僕の姿を見つけると、《かぼ》の瞳が嬉しそうに輝いた。

振り返って僕を見た宮崎さんの表情も、ぱっと明るくなった。

「あっ、おはようございます！　こんなにすぐまた来ていただけるなんて――」宮崎さんは、立ち上がってお辞儀《じぎ》をした。「お忙しいのに、ほんとうにありがとうございます」

「いえ、ちょっと近くを……通りかかったものだから」

「ありがとう」と、《かぼ》も頭を下げた。また鼻水が垂《た》れてきた。

宮崎さんは、それをティッシュでぬぐってから、《かぼ》にパンチをするまねをした。

「松田さんからも言ってやってくださいね。もう、はしゃぎすぎなんだから。昨日の夜なんか、四十度も熱が出たんですよ」

「ぴったり四十度」と、《かぼ》は自慢気に笑った。

「そりゃあ大変だ」僕は、宮崎さんが勧《すす》めてくれたパイプ椅子に腰掛けた。

「《かぼ》、松田さんにあんまり無理言っちゃダメよ。お忙しいんだから」と、宮崎さんは、《かぼ》の髪をふざけてかき乱してから、いつものように丁寧にお辞儀をして、病室を出ていった。

「ふん、宮崎さんだってあれからずっと純平のことばっかり言ってたくせに」《かぼ》は膨《ふく》れっ面《つら》で、乱された髪を直しながら言った。「今度はいつ来てくれるかなあ、いつ来てくれるのかなあ――なんてさ」

《かぼ》のやんちゃにはねた髪と、ひしゃげたアクリルの羽は、大きな窓から差しこむ午前の陽射しを受けてきらきら輝いていた。


特別に話があって来たというわけではない。しかし、「なんとなく君に会いたくて来た」などとは、気恥ずかしくてとても言えないような気がした。だから、とりあえずはどうでもいいような相談でももちかけてみようと、そう思った。

「今日はね、相談があって来たんだ。天使の意見が聞きたくてね」

「うん」

「たとえば、ここにある人がいたとする」

「うん」

「その人は僕のことが、何というか、あまり好きではないらしいんだな。だから、いろいろと嫌がらせをしてくる」

《かぼ》は、「へえ」とまんまるな目を見開いた。

「だけど、僕はこれからもどうしてもその人と付き合っていかなくちゃいけない——。大人というのはそういうもんだ。いろんな、その、しがらみってのがある」

「だろうね」と、鼻づまりの声で言ってから、《かぼ》は深く感じ入ったように何度も頷いた。

「ビジネスの世界では、他人の弱点を責め立てたり、相手を出し抜くようなことをしなくちゃならないときもある。弱肉強食の世界だ。それもしかたない。いい人じゃあ、やっていけないってところがある」

《かぼ》は真剣な顔で聞いていた。

「でも、ヤツの場合は、ただ感情的に僕が気に入らないだけなんだ。たとえば、人間は食べるために動物を殺すだろう？　でもそれは、ただ殺すことを楽しむために動物を虐待するのとは別なことだろう？」

「ぶっそうなたとえだね」と、《かぼ》はおどけた顔をしてみせた。

「それと同じで、向こうに仕事上のメリットがあるのならいい。我慢もできる。だが、ヤツは個人的な感情で嫌がらせをしてくるんだ。単なる嫉妬だよ。それは悪意でしかないだろう？」

「なるほどね」

「その場合、僕はヤツの悪意にどう対処したものだろうか？」

言うだけ言って、僕は少し息が上がっている自分に気づいた。一方、《かぼ》は冷静なものだった。「そうだね――」とだけ言うと、窓の外の空を見ながら、しばらく考えていた。いや、何かを自分の頭で考えていたというよりは、神様の声を聞いていたというほうが、そのときの雰囲気の適切な描写かもしれない。

ようやく僕のほうに向き直ると、《かぼ》は穏《おだ》やかな笑顔で続けた。

「悪意をもっているときの心っていうのは、苦しいよね。少なくとも、平和で穏やかではないよね」

「だから、ヤツに同情しろと？」

「そうじゃないよ。その人は、その悪意をもって、いったい何をしようとしているのか、ってことが見抜けなくちゃいけないんだ」

「だから、僕のことが気に入らないから嫌がらせをしたいんだろう？」

「そうじゃなくって、本質的に何をしようとしているのかってことだよ」

「本質的に？」

「結論から言えば、その人は、その人の悪意をもって、純平の中にも悪意を忍《しの》びこませようとしているんだ」

「悪意を忍びこませる？」

「その人の悪意ある行為に対して、純平も悪意ある行為で報《むく》いたらどうなる？　それはつまり、その人がその人の悪をもって純平の心の中にも悪を植えつけたってことになるじゃないか？　それこそ、その人の勝利なんじゃないのかい？　悪意をもっているときの心は苦しいよ。その苦しみを、まんまと純平の心に植えつけてしまうことができたんだから。

その人の勝ちじゃないか」

「それじゃあ、ヤツの嫌がらせに、ただじっと耐《た》えろと？」

「そんなことは言っていないよ。冷静に判断して非難すべきことは非難すべきだよ。でも、自分まで悪意に染《そ》まっちゃダメなんだ、って言っているわけ。いわれのない嫌がらせをされたときに、それに対して抗議をすることは決して悪意からじゃないよね？　でも、

『この野郎！』って相手のことを憎《にく》んだりするなら、それは悪意だよね」

「なるほど。一緒になって醜《みにく》い心に巻きこまれずに、冷静に淡々と対処すればいいってことだね」

「そう。悪意のほんとうの目的は、その悪意をタネにしてどんどん悪意を広めようとすることなんだよ。憎しみとか、妬《ねた》みとか、そういう悪意の感情は、まさに悪魔の布教の道具なんだよね」

「やっぱり……その、悪魔ってのもいるのかい？」

「そりゃそうさ。天使がいるんだから悪魔もいるさ」《かぼ》は、おどけて声を潜《ひそ》めた。「天使は悪魔の逆でね。善意をもって善意を広めようとする。たとえば、誰かに親切にしてもらったら、自分も他の人に優しくなれるでしょう？　そうやって、どんどん人間の心の中が平和で穏やかなものになっていくように導いているわけ」

「でも、現状を見る限りは、どうやら悪魔のほうが優勢のようだね」

「そうだね」と、《かぼ》は笑った。「でも、オセロゲームみたいなもんでね。そのうち、一気にひっくり返るよ。なぜなら――」

「なぜなら？」

「どんなに回り道をしたとしてもね、やっぱりすべては光へと導かれているんだから

――」

《かぼ》の鼻水が垂れてきたので、僕はテーブルの上のティッシュを取って、宮崎さんがやっていたように、彼の鼻にあてがった。子供に慣れていない僕のそんなしぐさはぎこちなかったが、《かぼ》は遠慮することも照れることもなく、思いっきり鼻をかんでくれた。

「ありがとう」と、《かぼ》は僕を見て微笑《ほほえ》んだ。

「でも、もし神様が存在するなら、そもそも悪意なんてものをなんで作ったんだろう？　最初からみんなを光の中で生きられるようにしてくれたらいいんじゃないかい？　別に、《かぼ》を疑っているわけじゃないんだけど」

《かぼ》の言うことを批判したり、ましてや揚《あ》げ足をとってやろうなどという気持ちはまったくなかった。ただ、真剣に話を聞こうとすれば、当然に出てくる疑問もある。それをごまかすことは、熱心に何かを伝えようとしてくれている《かぼ》に失礼な態度のように思えたのだ。

「うん」《かぼ》は満足そうに頷いた。「そこに真実があるかもしれないと予感しているからこそ、疑問も出てくる。純平には、疑問を口にするだけの正直さがあるってことだね。

これはすばらしいことだよ」

「そうかい？」

「神様だとか天使だとかっていう話になると、とにかく自分の心や頭を使わないで、無条件に妄信してしまう人が多すぎるんだよ。そのほうが楽だからね。でも、そういうのは――昨日も言ったけど――決して素直な姿勢ではないんだよ」

「わかるよ、その感じは」

「かといって、話の欠点を見つけようという姿勢で聞くのはよくない。そんな話は嘘に決まっている、こいつは騙《だま》そうとしているに違いない――なんてね。そういう先入観を抑えて、オープンな気持ちで話を受け止めてみる。それが素直に聞くっていうことなんだよ。いいかい？　受け止めるといっても、何か他人事《ひとごと》を聞いているようなつもりで、頭や理屈で受け止めるんじゃないよ。他ならぬ自分自身の切実な問題として受け止めてみるんだ。ハートで受け止めるんだよ」そう言って、《かぼ》は小さな手を僕の胸に当てた。

シャツの上からでもわかるほど、冷たい掌《てのひら》だった。しかし、物理的な冷たさとは裏腹に、不思議な何かが温かく流れこんでくるように感じられた。

「たしかにね。先入観が正しい判断を鈍《にぶ》らせるってことは、ビジネスでもよくある」

「それで、何で神様が悪意を作ったのかって問題だけどね。たとえば――」《かぼ》は、窓の外に目をやりながら、神様の声を聞いていた。それから、楽しそうに笑って僕を見た。

「小学校の先生は、なんで算数の練習問題を子供たちにやらせるんだい？　先生が自分で答がわかってるっていうなら、もったいぶらずに、最初から正解を教えてあげればいいじゃない？」

「そんなことをしたら、問題を解《と》く力が子供に身につかないよ」

「だよね。答そのものが大切なのではなくて、答を導き出すプロセスが大切なんだよね」

「うん」

「そのプロセスは、先生が代《か》わってあげることができないよね」

「そのとおりだ。総理大臣だって、トイレに行きたいときは自分で行かなくちゃ意味がない」

「おもしろいたとえだね。人に自分のおしっこをしてもらうことなんかできないもんね」

《かぼ》は愉快《ゆかい》そうにけらけらと笑った。「だとしたら、最初から光を与えられた人間は、ほんとうに光を理解できたと言えるだろうか？」

「なるほど」《かぼ》の言葉は、優しく、温かく、僕の心の中で凝り固まっている何かを溶かしていくようだった。「つまり、神様は、僕らに善意を理解させるためにこそ、悪意ってものを作ったんだね」

「与えられた百点よりもね、自分でがんばって手にした五点のほうがずっとすばらしいんだよ。学校でも、そういうところをもっと大切にしてくれるといいのにね。自分の力で摑んだものだけが、本物なんだよ。たとえどんなに小さくても、自分自身が積み上げたものだけが、自分の力になるんだ」

「言われてみれば、実にシンプルなことだね。僕は、どうしてそういうふうに考えられなかったんだろう」

「先入観があるからさ。神様なんているわけがない、人間を導いてくれている天使なんて妄想の産物だ。そういう思いこみが、当たり前な理屈さえも見えなくさせてしまうんだ」

「なるほどなあ。《かぼ》の言うとおり、素直に聞くっていうのは、簡単なようでなかなか難しいものだね」

「先入観なしに、思いこみなしにね、何かを見たり聞いたり感じたりすることができるようになるとね、それこそ、ごく普通の生活をしていたって、いろんなところに天使の働きを観《み》て取れるはずなんだ」

「たとえば？」

「なにかとっても困ったことがあったとするね。一生懸命に努力するんだけれども、どうしても道が拓《ひら》けない。でも、『いよいよもうダメだ！』というところまできたら、なぜかふっと、救い上げられたように状況がよくなったりする。そういう経験、純平にはないかい？」

「そういえば、ずっとむかし、海外にひとり旅に行ったことがあってね。夜中にレンタカーでドライブしていたら、道に迷ってしまって、ものすごく寂《さび》れた地域に迷いこんでしまったんだ。あとからわかったんだけれど、殺人事件なんかが多発しているかなり危ない地域だったらしいんだけどね」

「そりゃあ不安だったろうね」

「そもそも田舎街だったんで、夜中は真っ暗だし、道案内をしてもらおうにも店のひとつもやっていない。地図も持たずに出てきたものだから、ぐるぐる回っているうちにどんどんおかしなところに入りこんでしまったんだ。麻薬中毒みたいな連中が、目をぎらぎらさせて僕の車に近づいてきたりしてさ。ガソリンもなくなりかけていて、このままここで立ち往生《おうじょう》してしまうかと、泣きそうになったよ」

「へえ」《かぼ》は目を丸くして身を乗り出した。「それでそれで？」

「ところがね、いよいよもうダメだと思ったときに、なぜかふっとハンドルを切って入った小路を進んでいったら、ほんとうにあっけなく宿にたどり着いてしまったんだよ」

「言ってみれば、まるで天使に導いてもらったかのように?」《かぼ》はいたずらっぽく微笑んだ。

「ああ」僕は笑った。「そうだね。まったくそんな感じだった。あのときは心底ほっとしたんだけれど、あとから思うと、とっても不思議な体験だった」

「まるで学校の先生のようなものだね。子供たちにぎりぎりまで考えさせて、努力させる。でも、いよいよもうこれ以上は無理だってところになったら、すっと手を差し伸《の》べてくれる。そういう経験は、誰にでもあるはずなのに、偶然だったのだろうと決めつけて、それ以上、あまり考えようとも感じようともしないものなんだよね」

「なるほどね」

「神様も天使も信じないって、最初から意固地になっている人はね、ボクから言わせれば、そもそも何も見てはいないし、聞いてもいないし、感じてもいない人なんだよ――」

「ねえ、純平――」窓の外を見ながら、《かぼ》は、鼻づまりの声で言った。「ほんとうは、仕事で嫌がらせをしてくる人のことなんか、どうでもいいことだよね?」

「え?」

「もっと純平を苦しめている切実な問題があるんだってことは、わかるよ。誰かに相談できることなんて、実際にはたいしたことじゃない。ほんとうの悩みや苦しみっていうのは、人に相談できるようなことじゃなくって、どこまでいっても自分自身で始末をつけなくっちゃいけない問題だよね。だけどね、純平――」

「――」

「純平がどういう決断をしたとしても、それが純平にとっての正解なんだよ。うまくいくのもいい。うまくいかないのもまたいい。成功もいい、失敗もまたいい。そこから、必ず何かを得ることができるんだから――」

「僕がどういう決断をしても、それが僕にとっての正解――か」

「うん」《かぼ》は嬉しそうに僕を見た。「天使はね、人間を導いたり、促《うなが》したりはするけれども、決して強制したりはしないんだ。なぜだかわかるかい？」

「なぜだい？」

「天使は、人間の自由っていうものを大切にしているからさ。自由であること――つまり、最後は自分自身で決断することができる存在であること。自分がそう決断するのであれば、悪にすらなれる自由――。自由であることが、人間であることの意味なんだよ」

「自由であることが人間であることの意味――か」

「考えてもみてよ。与えられたものをそのまま受け入れる以外にまったく選択肢がなかったとしたら、どうして悩んだり、苦しんだりする必要がある？　選ぶ自由があるから葛藤《かっとう》したり、迷ったりするんだよね？」

「なるほど」

「だから、純平――」《かぼ》は柔らかい笑顔で僕を見つめて言った。「葛藤があるってことは、自由だってことなんだよ――」

寄り添う想い

「子供っていうのは、無邪気なようでいて、実はいろいろ考えているものなんですよね。なんていうか、けなげで痛々しくって、ときどきこっちが苦しくなっちゃうことがあります」病室から出て、エレベーターに向かう廊下を歩きながら、宮崎さんは少し寂しそうに言った。

「わかるような気がするな――」僕は、信吾くんのことを思い出していた。「うちの社長の、有馬をご存知でしょう？」

「ええ、テレビでお見かけしたことがあります。有名人ですものね」

「どんな相手も掌《てのひら》の上で転がしてしまうような彼でさえ、自分の息子にはけっこう手を焼いているくらいだから。複雑なもんなんでしょう、子供っていうのは」

「有馬さんには、息子さんがいらっしゃるんですか――？」何かが気になった様子だったが、眼鏡の奥の瞳は、すぐにまた笑顔に戻った。「男同士でも、それはそれでまた難しい問題があるのかもしれませんよね」

「そうでしょうね。僕には、子供がいないので、正直、まったく理解できませんけどね」

「松田さんは……」エレベーターの下降ボタンを押しながら、宮崎さんは言った。

「はい？」

「あの、独身でいらっしゃるんですか？」

「ええ」僕は笑った。「さっぱりモテないんでね」

「そんなことないですよ。お金持ちだし、かっこいいし、頭いいし――」宮崎さんは、恥ずかしそうにうつむいた。「優しいし……」

「ありがとう」僕は笑った。「でも、お金持ち以外は、自信がないな。仕事ばかりでね、おもしろみがない」

「そんなことないですよ」

「宮崎さんは？」

「はい？」

「恋人はいるんでしょう？」

「いえ――。わたしこそ、おもしろみ、ないから」

「そんなことはない。おもしろいよ」

「おもしろいですか？」

「いや――魅力的だってこと」

「あ、ありがとうございます」宮崎さんは、照れたようにぴょこりと頭を下げた。

エレベーターが七階に着いて、ドアが開いた。

「今日はここで結構ですよ」一緒に乗ろうとした宮崎さんを制して、僕は言った。

「あ、それじゃあ、ここで、失礼します」宮崎さんはぎこちなく頭を下げた。

「あの――」いったん閉まりかけたエレベーターのドアを、ぎりぎりで僕は押さえた。ドアが再び開いた。「休みのときにでも――」

「はい」

「ドライブに誘ってもいいかな？　その、いろいろと話をしてみたい。仕事以外で誰かと話をするなんて、ずっとなかったから」

「あ――」とだけ言って、宮崎さんは口をあけたまま立ち尽くしていた。

エレベーターのドアが再び閉まる直前になって我に返ったように、「あの、今夜、夜勤なので、明日の午後は、もう、ものすごく暇です！」と、宮崎さんは早口で叫《さけ》んだ。

悪夢

ようやく書きあがった原稿を、僕は大崎さんに手渡した。

大崎さんは、深く頷きながら、原稿用紙を一枚いちまい、めくっていた。僕は、じっと大崎さんの顔色を窺っていた。

「いいじゃないか、純平」大崎さんは、原稿から目を離さずに、力強く言ってくれた。「純平の世界観が凝縮されている。純平の理想が、水晶のようにみごとに結晶化されている。まったく無駄がない。清涼感のある優しい文体なのに、一切の贅肉が削《そ》ぎ落とされているから、凄《すご》みすら感じさせる」

僕は、ほっとして、ようやく肩の力を抜くことができた。

「いやあ、すばらしいよ、純平。ただ、ひとつだけ難を言えば――」と、大崎さんは口ごもった。「こんな眠たい綺麗事ではなく、もっと松田さんのいやらしい本性を見せてほしいですな」

「え？」

「だから――」原稿用紙から上げたその顔は、大崎さんではなく、ディレクターの三田村さんだった。「有馬イズムですよ、有馬イズム」

僕は、ソファーから飛び起きた。全身にかいた汗で、シャツがべっとりと肌に張りついていた。呼吸が乱れていた。ずっと両手を握り締めていたらしい。両手の指を解くのにしばらく時間がかかった。掌《てのひら》に、爪の跡が深くついていた。

時計を見ると、ちょうど五時だった。窓の外の空は少し明るくなりはじめていた。

ブランコ

夜勤明けの午後一時。約束の時間ぴったりに寮の門から出てきた宮崎さんは、僕の姿を見ると、大きく手を振ってから、あぶなっかしい足取りで駆け寄ってきた。ヒールのある靴は、きっと下ろしたてだったのだろう。パープルのニットセーターに黒の巻きスカートという服装。ノーメイクの彼女しか見たことがなかったから、ごくごく薄い化粧も際立って女性らしさを感じさせた。

下町の質素な狭い路地にはとうてい不釣合いなベンツを見て、彼女は、「すごい車ですね」と目を丸くした。

「デート用にしては、ちょっと厳《いか》ついが――」と、僕は笑ってみせた。「いつものやつは、いま車検に出ててね」

助手席のドアを開けてエスコートすると、宮崎さんは、ぎこちなくお辞儀をしながら乗った。車の中に、かすかに、甘い香りが漂った。

「あの、オシャレしてこようと思ったんだけど」落ち着きなくスカートの裾《すそ》を整えながら、彼女ははにかんで言った。「寮に持ってきてるのはこんなのしかなくって」

「いつもの白衣も素敵だけど、今日の服もとても似合っているよ」そんな野暮なセリフしか浮かばなかったが、お世辞などではなかった。ほんとうに見違えるように輝いていた。

近場の海までドライブしたり、珍しそうな店を見かけてはひやかしたり、ちょうど千葉のほうでおもちゃの見本市が開催されていたので、そんなところに立ち寄ったりもした。ありきたりのデートコースだったが、彼女は、小さな一つひとつのことにも、驚いたり、感心したり、大笑いしたり、喜んではしゃいだりした。

あっという間に時間が過ぎていった。仕事や有馬さんのことを忘れて半日を過ごすなど、思えば実に久しぶりのことだった。

暗くなりはじめたころにはもう、僕は彼女のことを《祥子》と呼び、そして祥子は僕を《松田クン》と呼ぶようになっていた。とても自然にふたりは打ち解けていた。

彼女も僕と同じでお酒を飲まないので、ディナーのあとは、カフェで紅茶とケーキを挟んで、陽気な、気取らない会話をした。

寮の近くまで送り届けたときには、まだ二十一時を回ったばかりだった。明日は早朝のシフトだということで、あまり遅くまで引き止めるわけにはいかなかった。

「すぐ近くに公園があるの」いったん車を降りてから、思い直したように祥子は言った。「ねえ、もうちょっと話そうよ」

小さな砂場と、すべり台にブランコ、そしてベンチがふたつ。その清潔で質素な雰囲気が、どこか祥子の病院を思わせる公園だった。

僕たちは、公園の砂利《じゃり》道をなんとなく歩いた。ぎこちない距離をおいて、並んで歩いた。

「ほんとうにたいへんだよね。病院で働くっていうのは」

僕がそう言うと、祥子は微笑みながら頷いた。

「よく、人手が足りなくて仕事がハードだとか、夜勤があって生活が不規則だとか、給料が安いとかって言うじゃない？　だから看護師はたいへんな仕事だって」

「そうだね」

「そりゃあ、仕事が過密でハードなのは現実だし、注射一本でいくらだとか、お金のことにこだわるナースもいるにはいるけど」祥子は、両手を後ろで組んで、空を見上げながら言った。「でも、看護師のほんとうのたいへんさって、そういうことじゃないと思うのよね」

僕は祥子を見た。公園の電灯が逆光となって、かすかな産毛《うぶげ》が彼女の横顔の輪郭《りんかく》をなしていた。その横顔は静かに微笑んでいた。いつものナースの祥子がそこにいた。

「一日いちにちを明るく生きて、精一杯に生きて、それでも死んでいく患者さんたちがいるでしょう？　身体も心も衰えていく現実を毎日まいにち突きつけられながらね。それでも、『なんか最近、宮崎さんのおかげで調子がいいよ』だなんて、逆にわたしのことを励ましてくれたりするのね」涙ぐむような声になって、祥子は顔をそらした。「そんな人たちとも、悲しくて辛い別れが来る。それがわかっていても、一日いちにち、希望をもって明るく強く生きてもらうためのお手伝いをする。それがナースの仕事のたいへんさだと思うの。仕事が忙しいだとか、給料が安いだとか、そんなの、そんなのほんとうにつまらないことだわ」

「懸命に看護した結果、患者さんが助からなくても、後悔することはないんだね？」

「後悔？」振り返った祥子は、真剣なまなざしで僕を見た。「後悔なんて、欲望から行動する人だけのものよ――」

不意を打たれて、僕は、足を止めた。大崎さんも、たしかに僕に言った――《後悔だなんて、そんなものは、欲望から行動する人だけのものだよ》と。

「どうせ明日死ぬなら、今日一日をいくら明るく生きたって、それは無駄で愚《おろ》かなこと？わたしはそうは思わないわ。少なくとも心を注いだその瞬間は真実だもの。だから、明日には死んでしまう人だったとしても、今日、一生懸命にケアしてあげたことを、無駄だったなんて思わないわ」

「そうだね。たしかにそうだね」

「なんかわたし……」我に返ったようにはっとして、祥子は優しい笑顔でぺこりと頭を下げた「偉そうに、ごめんなさい」

「そんなことはない。いままで、祥子の仕事のこと、僕はぜんぜんわかってなかったよ」

「わたしにできることなんか、ほんとうに小さなこと……。松田クンのように、たくさんの人に影響を与える仕事をしている人は、ほんとうに凄いと思うよ。わたしになんか到底わからないような、たいへんなことがいっぱいあるんだと思う」

僕は首を振った。

祥子は、唐突にブランコに駆け寄り、それにぴょこんと飛び乗った。錆《さ》びた金属がこすれる音がして、ブランコが揺《ゆ》れた。「この感じ懐かしい！」と祥子は叫んだ。

少しためらってから、僕もその隣のブランコに飛び乗った。バランスを取りかねてよたよたする僕を見て、祥子はからかうように笑った。

「祥子も――」頬を上気させる彼女に、僕は聞いた。「神様を信じているのかい？」

「天国とか神様を信じていなかったら、こんな仕事、とってもできるものじゃないわ」

大きなスイングに乗せて、祥子は笑顔でそう言った。

すれ違うように交互にスイングしながら、帰宅途中のサラリーマンたちが怪訝《けげん》な顔で見ていくのにもかまわず、ふたりは無邪気にはしゃいだ。

《かぼ》との対話

それから僕は、仕事の合間を縫《ぬ》っては、しばしば病院を訪れるようになっていた。祥子に会いたい気持ちと、《かぼ》と話をしたい気持ち……それ以上に、なにか、自分の家に帰ってきたような、本来の自分のままでいられるような、そんな温かく柔らかい空気がここにはあった。しかし、それは、仕事や人生の矛盾《むじゅん》から目を逸《そ》らすための現実逃避の時間では決してなかった。《かぼ》との会話は、むしろ、現実に立ち向かう勇気を僕の中から引き出してくれたのだった。

僕の心は、貪欲《どんよく》なまでに《かぼ》の教えを吸収していった。

たくさんの話を《かぼ》と交わした。

他愛もない話、考えさせられる深い話。いまの僕にはとうてい受け入れがたいような話もあったし、どうしても理解できないような話もあった。だが、話の内容というよりも、《かぼ》の言葉そのものが、言葉の意味内容を超えて、あたかも音楽のように僕の心に響き、作用してくるのが感じられたのだった。

「天使は、僕をもっと金持ちにしてくれるのかい？」

「ヘンなことを聞くね」《かぼ》は目をまんまるく見開いた。「お金のことなら、ボクよりも純平のほうがよっぽど得意じゃないか」

「でも、天使っていうのは、僕ら人間が幸せになれるように導いてくれる存在じゃないのかい？　だったら、商売繁盛とか無病息災とかを僕らが祈ったりするのに、応えてくれたってよさそうなもんじゃないか？」

「だから言ったでしょう？」《かぼ》は、やれやれと言わんばかりにため息をついた。「天使っていうのは、お金だとかモノだとか、そういう物質世界のことはからっきし苦手なの。もし、お金持ちになるための助けを求めるなら、ボクだったら天使にはゼッタイ頼まないよ」

「そう？」

「第一、ボクを見てよ。お金なんかないし、ほら、病気でずっと入院しているくらいだからね。天使のボクがそうなんだからさ。お金のことも健康のことも、相談する相手じゃないってことは、見りゃ、わかりそうなもんでしょ」《かぼ》はからからと笑った。

「そりゃあ、まあ、もっともだな……。でも、天使の導きで大金持ちになったなんて話もよく聞くじゃないか。ほんとうかどうかは別にしても、そういうことを言っている人もたくさんいるよ」

「それはね、天使じゃあないんだよ」と、《かぼ》は声を落として言った。

「じゃあ、なんなんだい？」

「さあね。天国にも、まあ、いろんな存在がいるからね――」《かぼ》は、言葉を濁しながらも、真剣な顔で僕を見た。「ただ、気をつけることだね」

「でも、現に金持ちにしてくれるなら、天使だろうがなんだろうがいいじゃないか？」

「どんな詐欺師も、最初はカモにおいしい思いをさせるよ」

「なんだか、《かぼ》の話を聞いていると、天使ってのも、あまりありがたいものじゃないような気がしてくるね」

「ありがたいものを求めて天使を崇《あが》めるなんて、それはみっともないことだよ。自分の幸せなんてどうでもいいんだ、ってくらいの気持ちになれなきゃ」

「なんだって？　自分の幸せなんてどうでもいいだって？」

「ああ」

「聞き間違いじゃないだろうね？　自分の幸せなんてどうでもいいって、君はいまそう言ったのかい？」

《かぼ》は優しく頷いた。

「『人間は、幸せになるために生まれてきた』なんてことを言う人がいるよね。幸せになることが人生の目標なんだ、って。――ボクは違うと思うね。もしそうなら、真面目に一生懸命に生きて、でも病気や事故で不幸な亡くなり方をした人たちの人生はなんだったんだろう、って思わないかい？」

「幸せになるために生まれてきたんじゃなきゃあ、それじゃあ、人は何のために生まれてきたんだい？」

「一人ひとりが、課題をもって生まれてきたんだ。この矛盾に満ちた世界でなくては達成できない課題をもって生まれてきたんだよ」

「なんだかますますありがたくないような気がしてくるね。課題をこなすために生まれてくるだなんて」

「そんなことないさ。だって、その先に何かとてつもなくすばらしい目標があるからこそ、課題に取り組むわけでしょう？　人間には知らされていないほど、人間には理解しきれないほど、想像を絶するほどの壮大な何かがその先にあるんだよ――」

＊

「純平、人間はね、みんなつながっている。みんな、ひとつなんだよ――」

「そういうことを言う人は多いね。ひとりぼっちじゃない。すべてがつながっているんだって」

「でも、そのことの意味を、ほんとうにみんなわかっているんだろうか？」《かぼ》は、少し厳しい表情で僕を見た。

「意味？」

「ボクの考えるところによるとね」《かぼ》は、思いに沈むような、大人びた表情で言った。「いまの時代のボクらの悪《あ》しき傾向は、無関心ってことだと思うんだ」

「無関心？」

「そう。周りで起こっていることに対して、自分は関係ないという気持ちで平気でいられるような態度だ」

「つまり、人の不幸にも同情できるようになれ、ってことかい？」

「いや、同情っていうのとはちょっと違う。むしろ、責任かな」

「責任？」

「うん。たとえば――」《かぼ》はいつものように窓の外に目をやった。空を見ているのでも、雲を見ているのでもない。そのもっとずっと先を見据えているかのような、神様の声を聞いているときの、あの目だった。「道を歩いていたら、前を歩いていた人が石に躓《つまず》いて転んだとする。そうすると、かわいそうだなと同情はしても、自分の責任で転ばせてしまったのだというふうに考える人は少ない」

「だって、別に僕の責任ではないよ」

「もちろんね。でも、こういうふうには考えられないかい？　その人が転んだから、純平はその道を歩くときに転ばないように気をつける。だから、純平は転ばないですんだ。でも、もしその人が先に転んでくれなかったら、純平は不注意に道を歩いて、その石に躓いて転んだかもしれない」

「なるほど」

「ってことは、もしかすると――もしかするとだよ、その人は、純平が転ばないように先に転んでくれたのかもしれない」

「わざと？」

「もちろん、わざとではないよ。そんな馬鹿なことをする人はいないよね。でも、人間って、すべて明確に意識で考えて行動してはいないだろう？」

「そうか。その人は、意識のレベルでは偶然に転んだようだけれども、実は無意識のレベルでは、自分が犠牲になるという意図があったのかもしれない。そういうことだね？」

「そうだね」

「でも、そんなふうに、他人が無意識のレベルでやっていることにまでいちいち責任を感じなきゃいけないものかね？」

「考え方として、そういうふうにちょっとでも考えてみることは、無駄じゃないと思うよ」

「責任と言えば、よく、高校野球での連帯責任ってことが問題になるね。最近では、あくまでも個人の不始末は個人の問題で、だから野球部全体で責任を取らなきゃいけないなんて風潮は古いとされるようになったけれど。ああいうのは、責任っていやあ聞こえがいいけど、要するに、人を管理するための方便だろう？　悪しき風習だと思うね」

「もちろん、ボクもそう思う。痛々しいね」《かぼ》は顔をしかめて言った。「でも、連帯責任っていう考え方にはまったく理がないかというと、そうとも言えないと思うんだ」

「ほう？」

「たしかに、野球部全員が罰を受けるというのは正しくないと思うけれど、『自分たちにも責任の一端があったんじゃないか』って、一人ひとりが考えてみる機会としては意味があるんじゃないかな」

「だって、個人の不始末だろう？」

「そうだけど、個人というのは、何らかの社会に属していて、その社会の影響を受けてい

る。この場合は、野球部という社会にね。だとしたら、その部員の不始末の何か原因が、野球部全体の風潮の中にあったんじゃないか。そう改めて反省してみることは、必要なことだと思わないかい？」

「なるほど。そうすると、そういうことを気づかせてくれるために、その部員が、無意識レベルで、みんなの犠牲になってくれたのかもしれない。その部員が不始末を犯さなかったら、もしかすると他の誰かが不始末を犯してしまっていたかもしれない」

「自分には関係ないと思えるようなできごとでも、自分にも責任の一端があったんじゃないかって、もしみんながそう考えてみることができるようになれば、そのときにはきっと罰則なんていうものは必要なくなるんだと思うんだよね」

「なるほど」

「一見、自分とは関係ないように見えることにも、一人ひとりがそうやって自分の責任を感じて、自分自身の在《あ》り方を反省してみる。いまは、他人を批判したり責めたりして、いわば、犯人探しをすることで世の中を改善できるのだと勘違いしている人が多いけれど、ほんとうに世の中をよくするためには、一人ひとりが自分をよくしていくことしかないと思うんだ」

「わかるけれどね……。わかるけど、なんだか、重いなあ」

《かぼ》は、それはもっともだ、というように頷いた。

「心はひとつだ。みんなつながっている――そういうと、なにか幸せで癒《いや》されるような気持ちになるかもしれないけれども、これは同時に、もっとも厳しくて苦しい現実なんだよ。純平が言うように、むしろ重苦しいくらいに感じられないとおかしいんだ。だって、みんながつながっているということを認めるのなら、どんな人間も、この世の中に起こるあらゆる犯罪や醜い現実の責任の一端を自分自身が担っているのだ、ということも認めなきゃいけないのだからね――」

「なるほど。そうだね」

「人間はみんなひとつだと言うのなら、世の中で起こっているあらゆることに、無関心でいられるはずがないじゃないか」

「そうだね。たしかにそうだ」

「心はひとつだって言うのなら、『世の中に不幸な人がひとりでも残っていたら、自分もまた幸せにはなりえないんだ』って、そう思えなきゃおかしいよね？　だから、みんなつながっているってことをほんとうに信じている人なら、『自分の幸せなんて一番最後だ』って心から思えるはずなんだよ――」

＊

「《かぼ》から見れば、実に愚かなことだろうけれど、人間って、第一印象でお互いの値踏みをするよね。勝ったとか、負けたとか。相手が自分よりも高い時計をしてたりすると、なんだか負けたような気がしたり。あるいは、自分よりも社会的な地位が高い人とか、自分よりもずっと稼いでいる人なんかと接するときには、人間としては対等だと頭では思ってはいても、やっぱりちょっと気後《おく》れしてしまうよね」

「そうだろうね」

「魂《たましい》の世界にも、そういうことがあるのかな？　なんていうか、『この人には敵《かな》わない』って感じる基準のようなものはあるのかな？」

「そうだね」穏やかに微笑んでから、《かぼ》は噛んで含めるようにゆっくりと話しはじめた。「魂の世界ではね、相手を理解してあげる人の魂のほうが、理解される人の魂よりも格が上なんだ」

「ううん……。よくわからないなあ」

「みんな、自分のことを理解してほしいと思っているだろう？　たとえば、人間関係でこじれたときなんか、たいていは、『あの人は私を理解してくれていない』とまず感じるよね。それで、『じゃあ、どうしたら私のことを理解してもらえるだろう？』って、そう考えるよね」

「うん、そうだね」

「それで、ようやく相手が自分を理解してくれたとき、自分の価値を取り戻したような気がする――」

「ああ、そういうことはたしかにあるね」

「でも、ほんとうはさ、そういうとき、自分の魂の価値は下がっているんだよ」

「ううん、どうもピンとこないなあ。それじゃあ、魂の価値を上げるにはどうしたらいいんだい？」

「自分が理解されるよりも前に、まず『私は相手のことをほんとうに理解してあげているだろうか？』って考えてみるんだ。魂の世界では、自分が理解されるかどうかなんてどうでもいいことなんだ。理解されようとする魂よりも、理解してあげようとする魂のほうが格上なんだよ」

「ふうん……。でも、相手が僕を理解してくれる前に、僕のほうから相手のことを理解してあげようとするだなんて、なんか、負けたような気がするね」

「でもね、魂の世界は違うんだよ。負けたような気がするっていう気持ちを抑えて、自分のほうから先に相手を理解してあげようとしてみるんだ。もちろん、相手は、純平をナメてくるかもしれない。でも、心の深いところでは『松田純平には敵わない』って、魂が感じるんだよ。物質の世界では、相手の上に立った者が勝ちだろう。しかし、魂の世界では、相手の下に入れる者のほうがずっと格が上なんだよ」

「ふうん」

「たとえばさ、仕事でもプライベートでもいいんだけど、誰かと衝突したとするよね。たいていは、お互いに相手の間違いを責めるよね」

「そうだね」

「ところが、相手のほうが『私が悪かったです』って深く反省して、先に素直に謝ってきたら？　どう感じる？」

「うん……。先に謝らせて気分はいいけど、後になってから、何だかちょっと恥ずかしい気持ちにもなるね。僕のほうにも落ち度があったはずなのに。自分は器の小さな人間だったなあなんて、そう思うだろうなあ」

「だろう？　その感じなんだよ。その人にだって言い分もあるだろうし、純平にも悪いところがあったはずだ。それなのに、その人は、自分のことよりも、純平の立場に立って理解しようとしてくれたんだ。そのとき、相手の魂が純平の魂を包みこんでいる状態なんだよ。相手の魂のほうが、純平の魂よりも大きいんだ。だから、なんとなく人間として負けたような気がしてしまうんだよ」

「なるほどね。相手を理解してあげる人の魂のほうが、理解される人の魂よりも上、っていうのが、なんとなくわかったような気がするな」

「ちっぽけな魂ほど、自分は理解されていないとよくよくよする。でっかい魂は、自分にとって最大の敵をも理解しようと努力する」

「汝《なんじ》の敵を愛せ——か」

「そう」《かぼ》は静かに頷いた。「愛するってことはね、理解するってことなんだよ。たとえぎこちなくても、不器用でも、他人のことを理解しようと努める魂は、自分のことしか考えていない魂よりもずっと神様の近くにいるんだ——」

有馬達也という闇

こんなふうに、《かぼ》のところに頻繁に通うようになって二週間ほど経《た》ったある日のことだった。

いつものように《かぼ》の部屋から出て、エレベーターに向かう途中で、祥子が深刻な面持ちで声をかけてきた。

「お話があるんですけれど、ちょっとだけお時間をいただけますか？」

いつもの軽《かろ》やかな祥子らしくなかった。

祥子は、待合室に僕を導いた。すみの席で老人がひとりうとうとしているだけだった。備えつけのテレビからは、バラエティ番組の安っぽい笑い声が流れていた。

ふたりは、窓際の椅子に腰掛けた。窓の外の空は、いつの間にか重苦しい雨雲にすっかり覆われていて、いまにも降り出しそうな表情を見せていた。

「思い出したことがあるの。お話ししていいかどうか、迷ったんだけど」祥子は身を乗り出して、遠慮がちに小声で言った。

「どんなこと？」

「うん……」大きく息を吸ってから、覚悟を決めたように祥子は話しはじめた。「いまから三年くらい前、わたし、別の病院で働いていたのね」

「そう？」

「まだ看護師になりたてのころのことだから、とっても印象深く覚えているんだけど……。ある日の夕方、救急患者が運ばれてきたのね。お母さんと、五歳の女の子――。トラックにはねられたの。暴走してきて、歩道に乗り上げたトラックに。運ばれてきたときには、ふたりとも意識がなかった。お父さんと、お兄ちゃんが駆けつけたときには、もうふたりとも息を引き取ってた」

「――」

「そんな凄惨な事故で亡くなったのにね、お母さんも、女の子も、ふたりともとっても安らかな顔だったの。あのとき――」祥子は声を詰まらせた。「女の子がつけていた、可愛らしい黄色い花の髪飾りを、いまでもはっきりと覚えているわ。亡くなってしまっただなんて、信じられなかった。ほんとうに、まるで眠っているようだったの。《ゆうまさなえ》ちゃん――っていう名前だったわ」それだけ言うと、祥子は、何かに気づいてほしいというように僕の顔をじっと見つめた。

「ゆうま……。それって、もしかすると――」

祥子は静かに頷いた。

「その後ＩＴベンチャーで大成功された有馬達也さんが、あのさなえちゃんのお父さんだったのね。あのときは《ありま》ではなくて《ゆうま》さんだった。きっと、事件の後、気持ちを切り替えるために名前の読み方を変えたんだと思う。ずいぶん痩《や》せられて、いまとは印象もまったく違っていたから、いままで気がつかなかったけれど。でも、いつかテレビで拝見したとき、どこか見覚えのある顔と名前だなあって、たしかにちょっとだけ心にひっかかったのを覚えてるわ――」

「そういうことだったのか」

「さなえちゃんとお母さんは、幼稚園の行事の帰りに、お友達の親子と一緒にバスの停留所に並んでいたの。そのとき、後ろに並んでいたおばあさんが、どこそこ行きのバスはここでいいのかって、聞いてきたらしいのね。おばあさんの目的地に行くバスは、そこじゃなくて、少し離れたところから出ていたの。それで、さなえちゃんとお母さんは、おばあさんをそのバス停まで送ってあげたらしいのね。友達の親子はそのままのバスに乗って先に帰ったので、そのあたりの成り行きを聞いていたから、後からわかったことなんだけれどね。おばあさんをバス停まで送ってあげて、それから自分たちのいたバス停に戻ろうとしたその途中の道で――」

「暴走トラックに轢《ひ》かれた……ってわけか」

祥子は苦しげな表情で頷いた。

「運転手は、すぐに逮捕されたわ。誰でもいいから殺してやれって自暴自棄になっていたらしいのね。だから、さなえちゃん親子には、ほんとうに何の罪も落ち度もなかったってことなの」

「落ち度がないどころか、親切心からしたことが、結果として不幸なことになってしまったんだからなあ。老人のことなどかまわず、そのまま本来のバスに乗って帰っていれば、いまも元気でいたかもしれないと思うと……不条理だね」

「うん。もちろん、先に帰った友達親子にはそれなりに何か別の用事があったのだろうけど、でも、どうして、先に帰った人たちが事故を免《まぬが》れて、困っている老人を助けてあげたさなえちゃん親子のほうがあんなに理不尽な事故に遭《あ》って亡くなってしまったのか――？看護師という仕事をしながら、ずっとその疑問が消えなかった。その答は……」祥子は、声を詰まらせてうつむいた。「いまもまだ見つからないけれど」

その答が見つからないのは、祥子ばかりではないのだろう。有馬さんは有馬さんのやり方で、信吾くんは信吾くんのやり方で、もがき苦しみながらその答を探しているのだろう。

《人のために尽くして死んだら、それは犬死にかよ？　死んで身体が無くなっちゃったら、それまでしてきた優しいことも全部ゼロになっちゃうってのかよ》という信吾くんの胸を掻《か》き毟《むし》るような叫びと、《自分のためだけに生きろ》という有馬さんの自らを厳しく鞭《むち》打つような怒号《どごう》が、僕の頭の中で、何度も何度も繰り返されていた。

表から見るとすれ違っているように思えたあの親子も、心の中には、同じ葛藤を抱え、それと戦い続けていたのだ。

「その答が……いつか見つかるといいね」

僕がそう言うと、祥子は静かに頷いた。

どんよりと暗い空は、とうとう堪《たま》りかねたように雨を降らしはじめた。大きな雨粒がぱらぱらと窓を叩いた。

待合室には、僕らふたりを残して、もう誰もいなくなっていた。テレビからは、相変わらずバラエティ番組の虚《むな》しい笑いが流れていた。

第3章　そして、かぼ

生まれ変わるということ

大きな窓から差しこむ朝の爽《さわ》やかな光は、いつものように、アクリルの羽に反射して躍《おど》るようにきらきらと輝いていた。

点滴のチューブに気を配りながら慎重に身体を起こしてから、《かぼ》は、僕を安心させるように微笑《ほほえ》んでみせた。

ここ一週間ほどで、《かぼ》の体力は目に見えて衰えていった。グリーンのストライプのパジャマの中の身体は、以前よりもずっと小さく削《そ》がれてしまったように見えた。《かぼ》のあのおしゃべりも、とぎれとぎれになり、言葉と言葉の間に息を継《つ》ぐときにも、少しだけ苦しそうに顔を歪《ゆが》め、小さく咳《せ》きこむこともあった。

しかし、くりっとした瞳だけは、以前よりも力強さと透明度を増して輝いていた。僕には、たしかにそう感じられた。

「ねえ、純平」

「うん？」

「ボクの言葉が、染《し》みこむように純平の心に入っていくのはなぜだと思う？」

「そう、僕も前からそれを不思議に思っていたんだ。いったい、なぜなんだい？」

「それはね――」《かぼ》は、憧れるような目で、窓の外の遠くの空の、更に遠くを見つめながら言った。「ボクが話してきたことが、すべて純平の中に最初からあったからなんだよ」

「最初から、僕の中にあった？」

《かぼ》は静かに頷《うなず》いた。

「その人の内にないものなら、外からいくら押しつけられても入っていかないものなんだ。だから、純平――」

「うん」

「思い出せばいいだけなんだよ。むずかしくなんかない。むかし信じていたものを、ただ思い出そうとするだけでいいんだ。生きていくってことはね、どこかに置き忘れてしまった宝物を探す旅のようなものなんだ」

「人生は、置き忘れた宝物を探す旅――か。なんだか素敵だね」

「たとえば、はじめて会ったはずなのに、ずうっと前から知っていたような気がする……

そんな人と出会うことがあるよね？」

「ああ、そういうことはあるね」僕は思わず笑った。僕にとっては、《かぼ》や祥子と知り合えたことこそが、まさにそんなふうに思える出会いだった。

「そういうとき、きっと、むかしの宝物に出会ったのかもね」《かぼ》は意味あり気に目を細めた。

「つまり、生まれ変わりってのがある……ってことかい？」

「生まれ変わりがあるかって？　あるに決まっているじゃないか」《かぼ》は少しだけ咳《せ》きこんだ。「そうでなければ、人間なんて実にみじめなまでに不公平な存在だよ。ボクみたいに病気がちに生まれた子は、それこそ、運が悪くてハズレくじを摑まされたとしか考えようがなくなっちゃうよ」

「なるほど」

「人間は何度も何度も生まれ変わる。そして、いろいろな人生を経験する。一年生もいれば六年生もいる。でも、大人ぶっていろいろ知っているような顔をしている六年生だって、足《た》し算もろくにできない一年生だったことがあるんだ。それと同じで、どんなに幸せに恵まれている人だって、かつては辛い人生を生きたかもしれないし、どんなに不条理な死に方をした人も、次にはものすごく愉快《ゆかい》な人生が待っているかもしれない」

一気にしゃべってから、《かぼ》は、息を整えるようにゆっくりと深呼吸をした。

「でも、そう考えると、人生なんて適当に生きてもいいような気もするな。どうせやり直しがきくなら――」

「やり直しがきくなんて言ってないよ」《かぼ》は眉をひそめた。

「え？　そうなの？」

「いまの人生の課題は、いまの人生でしか実現できないんだ。一年生は一年生の勉強があるでしょう？　二年生になってからやればいいやなんてわけにはいかないよね」

「なるほど……」

「人生は、やっぱりたった一度っきりだよ。人間は、何度も生まれ変わるけれど、でも、その一つひとつの人生が、たった一度っきりの人生なんだ。だから与えられたいまの人生を、与えられた環境の中で、精一杯生きなくちゃいけないんだよ――」

《かぼ》は、僕が訪ねると、いつでもとても嬉しそうにしてくれた。病状が明らかに悪化している中でも、話しているうちにだんだんと活気づいていく《かぼ》がいた。だから、彼の体力の消耗を心配しながらも、僕は頻繁に病院を訪ねていたのだった。

しかし、それが《かぼ》の身体にとって相当の負担になっていることは明らかだった。

これからは《かぼ》を訪ねるのを少し控えよう。帰りの車の中で、僕はひとりそう考えていた。

《かぼ》との別れが、もう、すぐそこまで近づいているとも知らずに――。

魂《たましい》の問題

その日の午後――。

田嶋剛志が主催する営業統括ミーティングには、全国の事業所から幹部クラスが集まっていた。

もう三十分近く、田嶋が熱弁をふるっていた。

ちょうど話が一段落しかけたころ、遅れて有馬さんが入ってきた。田嶋が説明を続けながら会釈《えしゃく》をした。「よう」という手のしぐさだけでそれに応《こた》えてから、有馬さんはおもむろに腰掛けた。

「――というわけです。ここまでで何かご質問はありませんか？」

今日の会議では、これまで一度も僕と目を合わせようとしなかった田嶋が、ここではじめて僕を見た。

性懲《しょうこ》りもなく、またあの手でやってくるつもりらしい。

「では、松田さんから下半期の販売予測について、ご報告をいただきたいのですが」

「販売予測？」

「ええ。事前にお願いしておいた、あれですよ。データをまとめておいていただいたんですよね？」

「いえ、何も聞いておりませんが」

「松田さん」田嶋は腕組みをした。「前回も同じことがありましたよね」

「田嶋さんの勘違いだと思いますよ。前も申し上げましたが、そのようなお申し出はいただいていません」

「参ったなあ」田嶋は大きくため息をついてみせた。「お忙しい中、みなさんわざわざ遠くから来ていただいているのに。会議を招集した私の面子《メンツ》が立たないじゃないですか。なんですか？　私に対する嫌《いや》がらせかなにかですか？　松田さん、気に入らないことがあるなら、正々堂々とはっきり言ってくださいよ。お互いに大人なんですから」

大会議室に集まった面々の攻撃的な目線が、一様に僕に向けられた。いつものことだった。有馬さんに特別扱いされている僕は、社内では多かれ少なかれ嫉妬《しっと》の対象であることには違いないのだ。他の連中も、田嶋と同じように僕に敵意を感じている。ただ、自分が先頭に立って嫌がらせをするには臆病すぎるだけなのだ。

田嶋は、有馬さんをちらりと見た。有馬さんは、顔色ひとつ変えず、配布された資料にただ淡々と目を通していた。

「まあいいでしょう。テレビやマスコミでちやほやされているような方は、お忙しいとみえる——」

僕は、有馬イズムのサラブレッドだ。道をふさぐ者は容赦なく叩きのめすのが流儀だ。いつもなら、ここで僕も攻撃的に反論し、決着のつかない口論になだれこんだものだった。派手に資料を放り投げて、椅子を蹴飛《けと》ばして退席することすらあった。

しかし、不思議なことに、今日の僕の心は冷静そのものだった。鎮《しず》まった心には、田嶋のありのままの姿が映っていた。《かぼ》が教えてくれたとおり、ただひたすらに悪意を僕の心の中に呼び覚まそうとしている田嶋の意図が、手に取るようにはっきりとわかったのだ。他の社員たちの捻《ね》じれた視線もまた同じように、僕の中に悪意のタネを送りこもうとするもの以外の何ものでもないのだと感じられた。

田嶋や、他の連中が、どれだけ卑《いや》しい心をもっていようが、僕はそれに影響される必要は、ない。当たり前のように、そう思えた。

悪意をもって悪意を布教する――。それが悪魔の流儀だ。

これまでの僕は、他人の悪意に誘われて、それと知らずに自らの中に悪意を育ててしまっていた。悪魔を責めながら、同時に自分も悪魔になってしまっていたのだ。

「田嶋本部長――」僕は、田嶋を見据えて、落ち着いた声でゆっくりと言った。

「な、何かご不満でも？」田嶋は顔を強張《こわば》らせた。

「次回からは、みなさんにご迷惑をかけないように、事前に田嶋さんと慎重に打ち合わせをしてから参加したいと思いますので、今回のところは、腹に納めていただき、このまま会議を進めてください」

空気が変わった。これまで僕に向けられていた敵意が、行き場を失って萎《な》えていくのが感じられた。

いつもとは打って変わって、微塵《みじん》も動じない僕の態度に、田嶋が動揺したのは明らかだった。

「そ、そうですね。今日のところは、まあ、そうしましょう――」田嶋は、あたふたと資料をめくりながら言った。「ええ、次は、関西方面の動向についてご報告します――」

《かぼ》の言ったように、あえて下に入った僕のほうが、魂《たましい》の世界では勝ったのだろう。意識の深いところで、田嶋も自分の負けを感じたに違いない。

何もなかったかのように、みんな、僕から目を逸《そ》らした。

ただ、ようやく資料から目を上げた有馬さんだけが、心を探るように、まっすぐに僕を見つめていた。

別れ

夕方からのミーティングをようやく終えて、携帯電話をチェックすると留守番メッセージが入っていた。

祥子からだった。《かぼ》の容態が急変したので、わずかな時間でもいいから顔を見せてくれ、という短いメッセージだった。

僕は、車を飛ばした。

面会時間ぎりぎりの病棟は、人影も少なく、閑散《かんさん》としていた。エレベーターも、心なしかいつもよりもずっと緩慢な速度で昇っているような気がした。

僕が病室に入ると、ベッドで目を閉じていた《かぼ》がゆっくりと顔を上げた。

「こんな時間に、珍しいね」と、《かぼ》は笑った。「今朝、来てくれたばっかりなのに。忙しいところ、ありがとう」

「いや、ちょっと近くまで寄ったのでね。いい子にしているかと思ってね」

「宮崎さんは……すぐに戻ると思うけど」

「ああ」

《かぼ》は、痛みを堪《こら》えるように、ゆっくりと上半身を起こした。

「無理しなくていいよ。寝ているといい」

「純平にプレゼントがあるんだ」

《かぼ》は、いたずらっぽいあの笑顔を浮かべながら、掛け布団の下に隠しておいた大きな包みを取り出してきた。

アクリルの天使の羽だった。まだパッケージを開けていない、新品だった。

「大人用サイズだから」と《かぼ》は、僕にも装着可能なことを保証するというふうに頷いた。「宮崎さんが、さっき買ってきてくれたんだ」

「そりゃあ、嬉しいね。ありがとう」

《かぼ》は、何かを待っているかのように、じっと僕の顔を見つめていた。

「あ、ああ――。いま、つけたほうがいいんだね？」

《かぼ》は、満足そうに微笑んだ。

僕は、ビニールのパッケージを破って、天使の羽を取り出し、ひも状になっている両端の輪に腕を通した。たしかに大人サイズで、僕も天使になった。

「似合うかな？」

「うん、まあまあだね」

「まあまあかあ」

体温計を持って入ってきた祥子は、おもちゃの天使の羽を背負ったスーツ姿の僕を見て、小さく吹き出した。

「ご、ごめんなさい——」そう言うと、また、感情を隠すように無表情に戻った。

「いまは、まあまあだけどね。そのうち、慣れるからさ」と、《かぼ》は笑った。

祥子は、体温計を《かぼ》の口に入れた。僕にお辞儀《じぎ》をしてから、うつむいて病室を出ていった。

病室に、また、ふたりだけが残された。

はじめてこの病室を訪れたときのことを、僕は思い出していた。病気の、十二歳の子供に、いったい何を話しかけていいものやら見当もつかなかったあの朝——。

あれから一カ月もの時が過ぎ、数え切れないほどの会話を積み上げてきたはずなのに、いまの僕は、まるであのときと同じように、《かぼ》に何と話しかけたらいいのかまったく見当がつかなかった。

長い沈黙のあと、最初に口を開いたのは《かぼ》のほうだった。

「そろそろ、お別れが近づいているみたいなんだ」《かぼ》は体温計を口に入れたまま、ぽつりと言った。

「そんなこと、わからないじゃないか」

「いや――」《かぼ》は、穏《おだ》やかな笑顔をたたえて、僕を諭《さと》すようにゆっくりと首を横に振った。「ボクにはわかるんだ。怖《こわ》がっていると、現実が見えなくなるけど、怖《おそ》れないでいると、いろいろなことが見えてくるものなんだよ。でも、心配しなくてもいい。死っていうのは、神さまの元に帰っていくことなんだから。別に、怖いことでもなんでもない」

「でも、まだまだ僕は《かぼ》から教えてもらわなくっちゃいけないことがたくさんあるんだ」

「ボクもね」《かぼ》は微笑んで頷いた。「純平から、たくさんのことを教えてもらったよ」

「僕がかい？」

「ああ。純平が会いに来てくれてほんとうに嬉しかったよ。もっともっと話したいし、できることなら……」

「できることなら？」

「こんな病室でじゃなくって、どこか自然の中ででも、純平と一緒に思いっきり遊んでみたかったと思うよ」

「できるさ。元気になって、海でも山でも、一緒に行けるさ」

《かぼ》は、また、僕をなだめるようにゆっくりと首を振った。

「純平がいてくれて、ほんとうによかったよ」そう言って、《かぼ》は痛みに耐《た》えながらゆっくりと上体をベッドに寝かせ、後は、口を閉ざしたままじっと天井を見上げていた。

会話が途切れるのを待っていたかのように、祥子が、体温計を調べに戻ってきた。おそらく、部屋の外で僕たちの話を聞いていたに違いない。目と鼻が赤かった。崩れそうな気持ちを悟られまいと、祥子は無造作に《かぼ》の口から体温計を抜き取り、てきぱきとクリップボードの書類に記録していた。

書き終わると、祥子は、窓の近くに立ち、漆黒の夜を黙って見ていた。

小さな病室で、僕たち三人は沈黙していた。ゆっくりと流れていく掛けがえのない時間を、それぞれが、全身で大切に感じようとしているかのようだった。

前夜

会社に戻り、残してきた仕事のいくつかをこなした。明け方近くにマンションに帰った。簡単に、シャワーを浴《あ》びた。

疲れた心と体をベッドに横たえると、灯《あか》りを消した寝室の中に、ふと、《かぼ》の病室に差しこむ明るい陽射しの香りが蘇ってきた。

《ほんとうの悩みや苦しみっていうのは、人に相談できるようなことじゃなくって、どこまでいっても自分自身で始末をつけなくっちゃいけない問題だよね。だけどね、純平。純平がどういう決断をしたとしても、それが純平にとっての正解なんだよ》

僕の正解は、ほんとうに、金や名声だったのだろうか？　有馬イズムを演じることが、僕の正解だったのだろうか？

《ボクの言葉が、染みこむように純平の心に入っていくのはなぜだと思う？　それはね、ボクが話してきたことが、すべて純平の中に最初からあったからなんだよ――。だから、純平、思い出せばいいだけなんだよ。むずかしくなんかない。むかし信じていたものを、ただ思い出そうとするだけでいいんだ》

松田純平が小説家を志したのは、なぜだったのか？　悲しみや絶望や恐怖に打ちのめされた人たちのために、希望の光をもたらすストーリーを伝えることが、小説家・松田純平の喜びではなかったのか？

《そろそろ、お別れが近づいているみたいなんだ》

もう、時間がないのだ。

僕は、松田純平を取り戻さなくてはならない。

そして、ほとんど一睡もできないまま、僕は、神様が定めてくれたのであろう運命の日の朝を迎えた——。

スポットライトの向こう側

朝は、郊外にある事業所での打ち合わせがあった。打ち合わせといっても、僕の役割は、ただ顔を出すことだけだった。マスコミでも有名な松田純平がわざわざ本社から顔を見せるとなれば、事業所の社員たちのモチベーションも上がる——。ただ、それだけのために、月に一度は、各事業所に顔を出すことになっているのだ。

そんな退屈な役割を終え、正午少し前にオフィスに戻ると、待ちかねていたように長峰さんが声をかけてきた。

「お戻りになってすぐで申し訳ありませんが、三田村さんがお見えになっているんです――」

「三田村さん？　十三時からの約束だったよね？」

「ええ、早めに着いたので待たせてくれとおっしゃって。第一応接室にお通ししています。でも、まだお昼ごはんも召し上がっていないですよね……？　もう少しお待ちいただきましょうか？」

「いや、すぐに行くよ」

「ここのところお疲れのようですから、あまりご無理なさらないほうが……。三田村さんはとってもご機嫌なので、少しぐらいお待たせしても大丈夫だと思いますから」長峰さんは笑った。

「ご機嫌？」

「ええ。なにしろ、例の特番、ものすごい高視聴率だったそうなんですよ」と、長峰さんは顔を輝かせた。

「そう……」

気のない僕の返事に、長峰さんは戸惑った表情を見せた。

僕は、かばんを長峰さんに預けると、そのまま応接室へと向かった。


たしかに三田村さんは、この上ないほど上機嫌だった。

「とくに、あのカウンセリングのコーナーで、視聴率がぐっと跳《は》ね上がっています」時間ごとの視聴率の推移と、他局の裏番組の視聴率との対比をまとめた紙をテーブルに広げ、線グラフを指で追いながら、三田村さんは満足そうに解説をした。「ほぼレギュラー化は決まったようなものですが、その前にあとひとつ地盤を固めたいところなんです。そこで、今日は、次の特番の企画を持ってまいりました――」

まだラフな企画案の段階だったとはいえ、三田村さんの今回の提案は、僕の想像以上に過激なものだった。介護の仕事や、ボランティア、発展途上国の支援に人生を捧《ささ》げているような若者たち――つまり、人のために自分の人生を捧げることを理想としている若者たちを集め、有馬イズムの観点から討論する番組にしたい、というものだった。

しかし、ほんの数ページほどの企画案にざっと目を通しただけでも、討論というよりも、そういった生き方を真っ向から否定する基調のほうが明らかに強かった。

僕が口を開きかけたとき、ドアをノックする音がした。有馬さんだった。

「ご一緒させてもらっていいかな？」

「これは有馬社長。どうもどうも」三田村さんは相好《そうごう》を崩した。

「いい数字が出たそうだね」と言いながら、有馬さんはソファーに腰を下ろした。

「ええ、ええ。おかげさまで、僕も局の廊下のド真ん中を大手を振って歩いてますよ」三田村さんは、企画書のプリントアウトを有馬さんにも差し出した。「次の特番は、もっと過激にいきますよ」

「そりゃあ楽しみだね――」そう言いながら、有馬さんは企画書に目を走らせた。

「自分の生活とはまったく関係もないような外国に行って、そこの人たちを助けるだなんて、まったく馬鹿げたことです」三田村さんは、侮蔑《ぶべつ》の感情を露骨に顔に表わした。

「馬鹿げている？」僕は語気を強めた。

有馬さんが、上目づかいでちらりと僕の顔を見た。

三田村さんは、僕の反論めいた口調に応えるように、挑戦的な口調になった。

「そうでしょう？　自分のことすらままならない若者がですよ、縁もゆかりもない外国に行って人助けをしようなんてね。そもそもおかしな話ですよ。有馬イズムから言えば、こんなものは逃避でしょう？」

三田村さんは、同意を求めるように有馬さんの顔を見た。しかし、有馬さんは、企画案に目を落としたまま、顔を上げようともしなかった。僕と三田村さんのやりとりを静観するつもりらしい。

「ほら、よく学生のころに、試験勉強中に急に小説が読みたくなったりするでしょう？普段は小説なんか読まないくせにね。あれと同じですよ。勉強するのが嫌だから他のことに逃げたくなる。人助けなんてのも、結局は自分のことをどうにもできない人間が、他に気持ちを向けて逃げ出すのと同じことでしょう？　そこへいくと、自分のことだけを考えて生きろという有馬イズムこそは、現実から逃げないほんとうの強い生き方ですよ」

「しかし……」

「しかし——なんですか？」三田村さんは、何を躊躇《ちゅうちょ》しているのかまったく解《げ》せないと言いたげに、僕の顔を覗《のぞ》きこんだ。

「そこまで決めつけてしまっていいものでしょうか？」

「なんですって？」

「仮に逃避だったとしても、それでも、他人のために気持ちを向けられるということの価値を否定してしまっていいものでしょうか？」

「ほう？」

「自分のことだけを考えるという生き方は、たしかに僕が主張してきた考え方だし、一面では、正しさをもっていると思います。しかし、いまの僕たちは、自分以外の人間のこと、自分には直接に利害のないことに対して、あまりにも冷淡すぎはしないでしょうか？」

「驚きましたねえ。松田さんの口からそんな言葉が出てくるとはねえ――」

「申し訳ありませんが、この企画には乗れません」僕は、なかば投げ捨てるように乱暴に、資料をテーブルの上に放った。

三田村さんの顔が露骨に引きつった。

有馬さんは、ようやく企画書から顔を上げた。顔色ひとつ変えず、僕をじっと見つめた。

この決断がどれだけ大きなことを意味するかは、もちろん、他ならぬ僕自身が誰よりもよくわかっている。有馬さんが社運を賭けている小室証券とのパートナーシップは、これで破談になることは間違いない。僕が捨てたのは、テレビ番組の企画などではない。普通の人生なら願っても叶《かな》わないほどの高額な年収や、豪華なマンションや名声を捨てたのでもない――。

僕は、有馬さんと出会ってからの自分の人生のすべてを捨てたのだ。

そして、これこそが僕の正解だ。

「そうですか──」動揺から気を取り直した三田村さんは、大げさにため息をつくと、開き直ったようにソファーにふんぞり返った。「思いあがりもはなはだしいですな。松田さん」

「何ですって?」

「あなたはどれだけ自分が偉いと思っているんですか? テレビ番組だけじゃあない。松田純平というのは、有馬社長にとっても、ゾロアスタープランニングにとっても、都合のいい道具にすぎないじゃないですか。いえ、有馬イズムというイデオロギーそのものだって、ほんとうのところは金儲けの道具にすぎない。そうやって、いまの時代の、自分勝手な人間の心を逆手にとって熱狂させ、結果として金を儲けるための、道具にすぎないじゃないですか」

「おっしゃるとおりです。自分を正当化するつもりはありません」

「いや、松田さんだけのことを言っているんじゃないですよ。みんなそんなもんだってことを言っているんですよ、僕は」

「そうでしょうか?」

「そうですとも。たとえば、あの白川友美だって同じですよ」

「──」

「お忘れですか？　名前を売るために、迷える若者を演じたモデルの女の子ですよ」三田村さんは、ざまをみろと言わんばかりに、歪《ゆが》んだ顔で笑った。

「演じた？」

「おや、気づいていらっしゃらなかった？　あんなふうに、いまどきの若者が感動して涙を流して、生き方を変えようなんて反省なんかすると、ほんとうに思ったんですか？」

「裏で勝手に仕こんだんですね？　あれはやらせだったわけだ」

「また、やらせだなんて、人聞きの悪い。彼女だって、プロとして番組のことを考えてくれただけなんですから、やめてくださいよ、やらせだなんて。みんなそれぞれにメリットがあったじゃないですか」

「――」

「やらせだとか、テレビのことばかり悪く言うが、それじゃあ、あなたはどれだけ立派な人格をお持ちなんです？　ゴーストライターからはじまって、他人を演じながら――いいえ、自分を騙《だま》しながら――いまの地位を確立してきたんでしょう。そうやって、金を稼いできたんでしょう？　それが普通じゃないですか？　誰だって、自分に得になることだったらやるし、損になるようなことはしない。それが当たり前ですよ」

「――」

「いまさら、中途半端な綺麗事を言われてもねえ。白けますよ」

「いずれにしても、これで僕は降ろさせていただきます。ご迷惑をおかけして申し訳ありませんが」

「ええ、ええ。どうぞご自由に」三田村さんは、企画案を鷲《わし》づかみにして、立ち上がって言った。「僕らはね、全然困りません。松田さんクラスの代《か》わりならね、いくらでもいますから。テレビに出られるとなれば、どんなことでもやるって人は、ゾロアスタープランニングの中にだって腐るほどいますんでね」

無表情のままだんまりを決めこんでいる有馬さんをちらりと見てから、三田村さんは、応接室から出ていった。

三田村さんとて敏腕のディレクターだ。腹が立ったくらいのことで、これほど高い視聴率を取った番組の続編をふいにするはずはない。松田純平の賞味期限が切れたら、いつでも次をあてがえるように、おそらく田嶋あたりにすでに声をかけてあったのだろう。

そうとも。僕がいなくなったところで、誰も困りはしまい——。しかし、僕だけは、松田純平を失ってはならないんだ。

もはや昨日までの自分には戻れなくなる決定的な一線を、こうして、僕は踏み越えたのだった。

有馬さんと僕が、第一応接室に残された。

耐えるには長すぎるほどの沈黙があった。置時計の秒針の音だけが、僕をからかうかのように大きく響いていた。

「やるもやらないもお前だ。俺はとやかく言うまい」有馬さんが、ようやく口を開いた。感情を押し殺した声には、しかし、いつも以上の凄《すご》みがあった。「しかし、次回の特番にも小室証券がスポンサーにつくことは知っているはずだ。今後のパートナーシップにとって大きなダメージになることは、承知の上で辞退したんだろうな？」

「申し訳ありません」僕は、頭を下げた。

有馬さんは、顔色ひとつ変えず、ソファーの背に腕を回して、脚を組み替えた。

「松田、ここんところ様子がおかしいじゃねえか。どうしたってんだ？」

まるで叱られた子供のように、僕は、有馬さんの目を見ることができなかった。

「人間には……」うつむいたまま、僕は、話しはじめた。言葉のほうから、勝手に突き上げてきたという感じに近かった。

「なに？」

「その……」

「人間には、なんだ？」

「人間には……どんなにがんばっても、どんなに自分をごまかしても、隠し切れない本心というものがあるんじゃないでしょうか。どれほど深く心の底に沈めたつもりでも、決して消えることのない灯火《ともしび》のようなものが」

「なにを言い出す」

「有馬さんが、一介のゴーストライターにすぎなかった僕を表舞台に引き上げたのも、自分ひとりで有馬イズムを貫《つらぬ》き通すには、やはり心の中に疼《うず》くものがあったからなんじゃないですか？」

「なんだと？」

「誰か自分以外の人物に有馬イズムを提唱させることで、有馬さんご自身が、いわば外から自分を説得させるために。そのためにこそ、僕が有馬イズムの顔になることが必要だったんじゃないですか？」

「松田、お前――」

「しかし、どれほど僕が有馬イズムを布教しようとも、そしてそれがどれほど世間でもてはやされようとも、有馬さんの本心は消えることがなかったんじゃないですか？」

「――」

「憎《にく》しみの感情なら、やがては消えていくでしょう。それは、人間としての僕たちのほんとうの心ではないのだから。しかし、本心は、決して消えることはない。他人のことなど関係ない。自分のためだけに生きるのだ——そう言って有馬イズムを強調すればするほど、有馬さん、あなたが心の深淵に沈めた本心は、もっともっと強く突き上げてきていたのではないですか？」

「本心とは……なんだ？」

「僕たちは決してひとりではない。そう感じられる心です。みんなつながっているのだと感じられる心です。他人の幸せを、自分の幸せだと感じられる心こそが、僕たちの本心です。他人の苦しみを、自らの苦しみとして感じられる心が、僕たちの本心です。世の中に存在する、どんな犯罪や不幸や矛盾にも、自らの責任を感じ、胸を痛めることのできる心です。どこかにひとりでも不幸な人間が存在するならば、自分もまた幸せにはなりえないのだと思える心です。それは……」

「——」

「バス停がわからずに戸惑っている見ず知らずの老人に、手を差し伸《の》べることのできる優しい心です」

有馬さんは、まったく感情を表わすこともなく、僕を見つめて黙って座っていた。

長い沈黙の後、「そういうことだったか――」とだけ、誰に言うともなくつぶやいて、有馬さんは静かに部屋を出ていった。

有馬さんが立ち去った後も、ずいぶん長い間、僕は黙ってうつむいたままでいた。ようやく気持ちを取り直して、ソファーから立ち上がった。窓から階下を見下ろすと、駐車場から、ベンツが乱暴に出て行くのが小さく小さく見えた。有馬さんの車に違いなかった。

心を揺《ゆ》さぶられるような出来事があったとき、有馬さんはいつもこんなふうに自分で運転して出ていったものだった。そして、一時間ほどあてもなくドライブをしてから、すっかり心を立て直して戻ってくるのだった。

有馬さんですら、感情が噴き出すのを見られたくないときの逃げ場所は、車の中しかないのだ。それを思うと、彼の強さが痛々しくすら感じられた。カリスマであるということ、そして強くあるということは、耐えがたき孤独に耐えるということなのかもしれない。

僕は、ため息をひとつ大きくつくと、第一応接室を出た。自分のオフィスに戻るまでの廊下が、やけに長く長く感じられた。

ゴンドラ

親展で僕に宛てられた郵便物がいくつか、机の上に置かれていた。たいていは長峰さんが開封した後に、必要なものだけを持ってきてくれるのだが、個人的なものは未開封のままにしておいてくれる。

そのうちのひとつに、薄い角封筒があった。逍遥出版の封筒に、差出人として大崎さんの名前があった。

封を開くと、手垢がついてぼろぼろになった、ホッチキス留めの小冊子が入っていた。定食代のおつりの三百円で、大崎さんが買ってくれたあの小冊子だった。

手紙などはなかった。いかにも大崎さんらしかった。

ページを開いて、僕は、読むともなしに読みはじめていた。

自分で書いたはずの文章なのに、まるでそれは、《かぼ》の言葉のようにすら感じられた。

《かぼ》は、本来の松田純平を、僕に思い出させてくれたのだ。

《かぼ》が教えてくれたことは、ほんとうは、すべて僕の中に最初からあったこと。たしかに、そうに違いなかった。

読み進むにつれて、とめどなく涙がこぼれてきた。

懐《なつ》かしさに、胸が痛かった。しかしそれは、むしろ心地よい痛みであった。たとえるならば、海ではしゃいだ夏休みの一日を、焼けた肌の痛みが思い出すときのように――。


しかし、こんなふうに心の深海を漂うような気分も、長くは続かなかった。僕は、またすぐに現実に引き戻された。フロア全体が、ざわつきはじめていた。

慌てて走る足音がいくつも聞こえていた。何かトラブルが起こったようだった。

ノックをするなり返事も待たず、長峰さんが飛びこんできた。こんなに慌てふためいた長峰さんを見るのははじめてだった。

「何かあったのかい？」と聞いた僕の言葉に、長峰さんはすぐに答えることができないほど動転している様子だった。

「お、屋上で、あの……」

「屋上？　どうしたんだ。落ち着いて話してごらん」

「清掃用のゴンドラに子供が乗りこんで、飛び降りるって、言っているんです」

「なんだって屋上に子供なんかが？」

「事情がまったくわからないんです。とりあえず警察に、いま通報したところなんですけど――」

屋上には、すでに人だかりができていた。警備員たちや清掃作業員、ゾロアスタープランニングの社員の何人かも、緊張した面持ちでなす術もなく立ちつくしていた。田嶋剛志もいた。いつものふてぶてしいほどの落ち着きは見る影もなかった。

「どういうことです？」と、僕が声を上げると、いっせいにみんながこちらを振り向いた。

警備会社の責任者が、動揺を隠せない様子で近づいてきた。

「清掃用のゴンドラなんですが、ケージが――清掃作業員が乗る部分のことですが――それが、屋上から三メートルほどのところで宙づりになってしまったんです。おそらくは、台車の中にある昇降装置の、ワイヤ巻き取り機構の故障だとみられますが……。二名の作業員をロープで引き上げまして、それから管理会社から緊急に人を呼び寄せていたところでした。慎重を期して、警備員を配置しましたし、ゴンドラに人が近づかないように暫定的にロープを張り、なおかつ注意を促《うなが》す貼紙までしておいたのですが……」

若い警備員が口を挟んだ。

「ほんの数分の間に我々の目を盗んで、子供が、屋上の柵《さく》を越えてケージに飛び降りたようです。まさか、まさか屋上に子供が入ってくるとは――」

ケージは、屋上の柵の外に設置された大きな台車から二本の鋼鉄のケーブルによってぶらさがっている。台車は、敷設されたレールの上を移動することで、ケージを左右に動かすことができるタイプのものだ。ケージを吊るす支えになるものだけに、とても重量のある巨大な台車だ。

「そもそも、なんだって子供が社屋に入れたんですか？」

「それが……」警備員は首を振った。「わからないのです、どうやって入ってきたのか。外部の者がここまで昇ってこられるはずがないのですが――」

ゴンドラが、ぎしぎしと音を立てた。

「放っておいてくれ。勝手に死ぬんだからいいだろう」屋上の柵の向こう側から、子供が叫《さけ》ぶ声がした。

「ゴンドラの近くまで連れていってください」僕は、作業員に声をかけた。

「危険ですよ。どこが故障しているのか、まだわからないのですから」若い作業員が声を震わせながら言った。

警備員も顔を引きつらせた。

「救助隊がすぐに到着します。それを待ったほうがいいです」

「責任はすべて僕が持ちます。あの子と話をさせてください。声に心当たりがあるんです」

「なんですって？」

「俺も行く」と、田嶋がジャケットを脱ぎながら乗り出してきた。

僕と田嶋は、作業員に導かれて、ケージがぶら下がっているところまで近づいた。

覗きこむと、たしかにゴンドラのケージは、屋上から三メートルほどのところで宙づりになっていた。地上からは百メートル近くもあるだろう。脚がすくんだ。恐いもの知らずの田嶋もさすがに身を強張《こわば》らせた。

やっぱりそうか――。自分の乗ったケージを乱暴に揺らしながら叫んでいたのは、信吾くんだった。

「おい、知っているのか？」田嶋は、僕が息を飲むのを感じて、噛みついてきた。

「有馬さんの息子さんですよ」

「なんだって？」

「たぶん、有馬さんのセキュリティーカードを持ち出して、それを使って忍《しの》びこんだんでしょう」

「なんてことを」田嶋は頭を抱えた。

「信吾くん！」と僕は叫んだ。

しかし、信吾くんは、極度に興奮していて、とても僕の言葉など聞ける状態ではなかった。乱暴にゴンドラを揺さぶった。ケージを吊っている鋼鉄のケーブルが、ぎしぎしと音を立てた。

「チクショウ、社長の携帯がつながらない」携帯を意味もなく振りながら、田嶋が叫んだ。

「電源を切っているんでしょう」

「切っているだあ？　社長はいまどこにいるんだ？」

「目的もなく車を走らせているところだろうと思います」

「なんだって、よりによってこんなときに――」

そのとき、唐突に大きな音を立てて、信吾くんを乗せたケージが傾いた。

その場に居合わせた全員が凍りついた。

傾いた衝撃で、信吾くんはケージから放り出されそうになった。なんとかワイヤにしがみついた彼は、声にならない悲鳴を上げて僕たちを見上げた。

「なにがあったんです？」

「どうしてこうなるのか、原因がわからないのですが――」作業員は泣きそうな声で言った。「ワイヤが一本、緩《ゆる》んだようです」

「このままワイヤが緩んで、ケージが落下してしまうなんてことは？」田嶋が吼《ほ》えた。

「それは……私にもわかりません」

「どうやら一刻を争うようだ。ロープを降ろしましょう」

僕がそう指示すると、作業員は、意を決した様子で、震える手で信吾くんをめがけてロープを投げ降ろした。しかし、信吾くんはパニックに陥《おちい》っていて、降ろされたロープすら目に入らないような状態だった。

「ロープを僕に巻きつけてください。僕が降りていきます」

「松田さん、そんな無茶な！」田嶋が怒鳴《どな》った。

「僕は、一度だけだが、彼に会ったことがある。僕の顔を見れば安心して、言うことを聞いてくれるかもしれない」

ビルの下には人だかりができていた。ようやく、サイレンの音が聞こえてきた。

下を見ちゃいけない――。そう言い聞かせながら、腰に巻いたロープにぶら下がって、僕は、ケージまでゆっくりと降りていった。

僕の足がケージの底につくと、ケージがさらに大きく傾いた。信吾くんは、僕にぎゅっと抱きついた。

「よし、それでいいぞ。しっかり抱いているからね。僕にしがみついていろよ」

見上げて「上げてください！」と僕が叫ぶと、ぎりぎりと音を立てて、ゆっくりとロープが引き上げられた。

やがて、信吾くんの足がケージの床から浮いた。彼は、声もなく泣き出していた。

「そうだ。いいぞ。そのまま僕につかまっていればそれでいいんだ」僕は、できるだけ冷静な声で、はっきりと信吾くんに話しかけた。

「松田さん、もう少しだ。がんばるんだ！」と叫ぶ声が聞こえた。田嶋の声だった。

たどり着いた救急隊員たちも加わって、ロープは着実に引き上げられていった。

ようやく僕たちの頭が屋上のへりまで来たとき、救急隊員たちが僕の脇の下に腕を入れ、渾身《こんしん》の力で引き上げてくれた。僕は、しっかりと信吾くんを抱きしめていた。

屋上のへりまで引き上げられた信吾くんは、すっかり安堵《あんど》したためだろう、その場にへたりこんでしまった。「ごめんなさい、ごめんなさい」と、声を上げて泣いていた。

僕は、救急隊員に手伝ってもらいながら、腰に食いこんだロープを解《と》いた。ほとんど痛みは感じなかったのだが、掌《てのひら》が、ロープですれて血だらけになっていた。

「無茶を、まったく無茶をしましたね。しかし……たいへんな勇気です」と、田嶋が僕に頭を下げた。

何か言葉を返そうと思ったそのとき——

部品が弾《はじ》け飛ぶような大きな音がしたかと思うと、ケージを吊っていたあの巨大な台車が、バランスを崩して傾きはじめた。そして、不気味な低い唸《うな》り声を上げながら、こともあろうに信吾くんがしゃがみこんでいる場所に向かって倒れかかってきたのだ。

それは、実際にはほんの刹那《せつな》にすぎなかったはずなのに、まるでコマ送りに展開されるスローモーションで時間が流れているかのように僕には感じられた。

《子供の患者がいて、なんでもじきに死にそうな子らしいんだが——》いま思えば、大崎さんのあの電話からすべてははじまったのだった。《その子の担当ナースから、小説家の松田純平さんと会いたいので連絡先を教えてくれないかって、編集部に電話が来たんだ》

《ということは、少なくとも松田さんにとっては、他人のために自らを捧げるようなことは、これからもまったくありえないと？》というインタビュアーの挑戦的な言葉。僕は、

《ありえないですね》と答えたはずだった。

《どうせ明日死ぬなら、今日一日をいくら明るく生きたって、それは無駄で愚《おろ》かなこと？　わたしはそうは思わないわ。少なくとも心を注いだその瞬間は真実だもの》祥子の言葉と、その息づかいまでもが、はっきりと思い出された。《天国とか神様を信じていなかったら、こんな仕事、とってもできるものじゃないわ》

《心はひとつだって言うのなら、『世の中に不幸な人がひとりでも残っていたら、自分もまた幸せにはなりえないんだ』って、そう思えなきゃおかしいよね？》

僕は、信吾くんに覆いかぶさるように、自分の身体を投げ出していた。

意識を失う直前、背中を熱いバットで叩かれたかのような激しい衝撃を、ほんの一瞬だけ感じた。それから……………………

最期《さいご》のとき

……………………………心拍計の単調な機械音と、ナースたちがあわただしく動きまわる雑音の中で、僕の意識はかすかに戻ってきた。

「松田さん、聞こえますか？」ナースのひとりが、僕に声をかけてきた。

答えようとしたが、しかし、思うように口が動かない。どうにか頷いてみせるのが精一杯だった。

「先生を！」と、彼女は声を上げた。

すぐに白衣の男性が駆けこむように入ってきた。若い医師だった。

彼は、驚いたように僕の顔を見て、「松田さん、聞こえますか？」と、さっきのナースと同じことを聞いてきた。

僕の意識が戻るとは思っていなかったのだろう。

「はい――」今度は少し声に出すことができた。

「痛みなど、ありますか？」

「いえ。身体の感覚が……ほとんどありません」

医師は、何度も頷いた。

そのとき、息を切らせて、誰かが入ってきた。

僕には、それが祥子だとすぐにわかった。

「松田さんのご友人ですか？　ちょっと、よろしいでしょうか？」

医師は、ドアのほうに目配せをした。言いにくいことを――つまり、もうほとんど時間がないのだということを――病室の外で伝えようと思ったのだろう。

「いいえ、大丈夫です」祥子は毅然《きぜん》と答えた。「わたしもナースですので、わかります。大丈夫です」

祥子は、ベッドに静かに歩み寄り、脇のパイプ椅子にゆっくりと腰掛けた。

「やあ」と、僕は微笑んだ。

「遅くなって、ごめんね」息を整えながら、祥子は、ゆっくりと言った。

「よくここが、わかったね」

「有馬さんが、病院に電話をくれたの」

「有馬さんが？」

「いま、こっちに向かっているところだわ」

「信吾くんは、無事だったのか？」

祥子は、優しい笑顔で頷いた。

「そうか。無事でよかった。有馬さんの、残されたたったひとりの家族だから――」

ナースたちの動きが、さらにあわただしくなってきた。医師が何か指示をしている声がかすかに聞こえていた。

どうやら注射を打たれたようだった。感覚はなかった。

ナースが医師に何かを言っているようだった。


意識が……とぎれとぎれになっていた……。


「こんな、こんなことって――」と、祥子は息を詰まらせた。

「明日には死んでしまうのだとしても、心を注いだこの瞬間は真実だ――」僕は彼女の小さな手を握った。感覚がないはずの僕の掌は、祥子の温もりを感じていた。「覚えているね？　これは、祥子が教えてくれたことだ」

祥子は頷いた。眼鏡の奥のその瞳が穏やかに微笑むと、一筋、涙がこぼれた。

「祥子、ありがとう——」という僕の最期《さいご》の言葉は、しかし、もうほとんど声にならなかった。

消えていく最期の意識の中で、僕はたしかに聞いた。

「どんな死も、ボクたちを引き離すことなんかないんだよ——」

そうささやく声を、僕は聞いたのだ。

病室のすみに目をやると、そこには、柔らかな白い光に包まれて、無邪気に微笑む《かぼ》の姿があった——。

エピローグ

テレビ番組でインタビューを受ける僕を見て、《かぼ》は、僕がもうすぐ神様の元に召《め》される運命にあることを感じ取った。そして、松田純平が安らかに天国に昇れるように導くことが、神様から与えられた自分の使命だと確信したのだった。

そんな《かぼ》がくれたたくさんの言葉に護《まも》られて、僕は、心安らかに死ぬことができた――。

そこまでが、いま、君が読んでくれた物語だ。

あの別れの日から、ちょうど一年が経《た》った。一年経って、いろいろな心の整理もついて、僕は、天国からこうやって物語を書いている。

しかし、天国は、あの世というほど遠くはない。

天国から地上を見下ろす――という表現があるけれど、それは比喩《ひゆ》にすぎない。

実際には、天国は地上の上にあるわけでも、横にあるわけでもないんだ。死んだからといって、どこか遠くの離れた場所へ行ってしまうわけでもない。天国は、いま君がいるその場所とまったく同じところにある。ただ、地上の生活を営んでいる限りは、目の前にある天国の存在が見えないというだけなんだ。

それはちょうど、映画に夢中になっているときには、自分が映画館にいることなんかすっかり忘れてしまっているのと同じ。忘れているからといって、映画館が存在しないというわけじゃない。

天国というのは、だから、いままでもちゃんとここにあったし、これからもずっとここにある。そういう場所なんだ。

君の愛する人が死んでしまっても、君がその人を愛する限りにおいて、その人は君のそばにいる。いつだって、そばにいる。

死んだ人たちは、雲の上でのんびりと過ごしているように描かれることが多いけれど、それもちょっと違う。たしかに、この上なく幸せな気持ちでいるから、だから、雲の上でくつろいでいるようなイメージで表現されるのだろうけれど、実際のところ、僕たちはのんびりなんかしていない。実に活発に動き回っている。みんな、楽しくてしかたないというように、文字通り飛び跳《は》ねながら仕事をしているんだ。

どんな仕事かって？

《かぼ》が話してくれたろう？　神様のことを人間に伝える仕事さ。

たとえば、自分はもうダメだと絶望して、精根尽き果ててぺしゃんこになってしまうことは、誰にでもある。でも、ちょっと時間が経つと、ふといいアイディアが浮かんだり、なぜだか気持ちが前向きになったり、再び立ち上がる元気が湧《わ》いてきたりするだろう？

そういう経験は、君にもきっとあるはずだ。

そういうのも、天使がちゃんと仕事をしてるっていう証《あかし》なんだ。

天使はいつだって君にささやいている。

ささやくと言っても、実際に音声としての声が聞こえてくるというのとは、ちょっと違う。天使がささやくとき、それは、本心とか良心として君に伝わってくる。ある考えを抱いたときにはとっても嬉しくなるし、別の考えをもったときにはなぜかやましい気持ちになる。それが天使の声だ。

自分でもホレボレしてしまうようなステキな考えがふと浮かんでくることは、君にもあるだろう？　そんなとき、きっと天使が君にささやいている。

君がひとりで苦しんでいるようなとき、周りのみんなが離れていってしまったようなとき——。そんなときこそ、天使は、必ず誰よりも君の近くにいる。君を絶望させたまま放っておくだなんて、天使には耐《た》えられないことなんだ。だから、どんなときにも、希望を失っちゃいけないんだ。

あれから一年経ったいまも、《かぼ》はまだどうにか元気に、あの病室で過ごしている。アクリルの羽だって、ずいぶんくたびれはしたけれども、まだまだ現役で活躍している。

今日も、《かぼ》と祥子は、あの明るい陽の差しこむ病室で、僕との思い出を楽しそうに話している。その弾《はじ》けるような明るい笑い声は、ちゃんと僕にも——天国の僕にも聞こえている。

アクリルの羽の天使が教えてくれたことは、やっぱりほんとうだった。どんな死も、僕たちを引き離すことなんかなかったんだ。

そして、君が読んでくれたこの本が、僕、松田純平の最後の作品だ。最後まで付き合ってくれて、ありがとう。

逍遥出版ががんばってくれても、やっぱりほとんど売れないのだろうけれど、《かぼ》の言葉を必要としている人のところにはきっと届くことになるだろうと、僕はそう信じている。

なぜなら、どんなに回り道をしたとしても、やはりすべては光へと導かれているのだから——。

切りとり線

読者のみなさまへ

この本をお読みになって、どのような感想をお持ちでしょうか。次ページの「100字書評」を編集部までお寄せいただけたら、ありがたく存じます。今後の企画の参考にさせていただきます。もちろん、通常のお手紙でも、電子メールでも結構です。その場合は、書名を忘れずにご記入ください。

頂戴した「100字書評」は、事前にご了解をいただいた上で、新聞・雑誌等に掲載することがあります。その場合は、謝礼として特製図書カードを差し上げます。

なお、ご記入いただいたお名前、ご住所、ご連絡先等は、書評紹介の事前了解、謝礼のお届けのためだけに利用し、そのほかの目的のために利用することはありません。またそのデータを、6カ月を超えて保管することもありませんので、ご安心ください。

〒101―8701（お手紙は郵便番号だけで届きます）
祥伝社　書籍出版部　編集長　角田　勉
電話03（3265）1084　Mail Address:nonbook@shodensha.co.jp

◎本書の購買動機

＿＿＿＿新聞の広告を見て	＿＿＿＿誌の広告を見て	＿＿＿＿新聞の書評を見て	＿＿＿＿誌の書評を見て	書店で見かけて	知人のすすめで

100字書評

かぼ

住所

名前

年齢

職業

石井裕之（いしい・ひろゆき）

1963年、東京生まれ。パーソナルモチベーター。セラピスト。有限会社オーピーアソシエイツ代表取締役。

催眠療法やカウンセリングの施療経験をベースにした独自のセミナーを指導し、人間関係、ビジネス、恋愛、教育など、あらゆるコミュニケーションに活かせ、誰もが簡単に実践できる潜在意識テクニックを講演や著書などで一般に公開。女性誌からビジネス誌まで幅広いジャンルの雑誌への寄稿やテレビ出演、企業からの講演依頼も多数。

ベストセラーとなった著書『ダメな自分を救う本』『大切なキミに贈る本』（小社刊）では、潜在意識のメカニズムを活用して、自分の人生を強く切り拓くためのアファメーションを公開。心が強くなる作品との声が全国から寄せられる。その他、60万部突破の『「心のブレーキ」の外し方』シリーズ、累計55万部の『コールドリーディング』シリーズ（以上フォレスト出版）など、著書・監修本は二十数冊、累計150万部を超える。

石井裕之・公式サイト
http://sublimination.net

かぼ
アクリルの羽《はね》の天使《てんし》が教《おし》えてくれたこと

平成20年11月５日　初版第１刷発行

著者――石《いし》井《い》裕之《ひろゆき》

発行者――深澤健一

発行所――祥伝社《しょうでんしゃ》
〒101-8701　東京都千代田区神田神保町3-6-5
電話　03-3265-2081（販売）　03-3265-1084（編集）
03-3265-3622（業務）

印刷――錦明印刷

製本――関川製本

ISBN978-4-396-61315-0　C0030
祥伝社のホームページ・http://www.shodensha.co.jp/